蓬州宮嶋資夫の軌跡

アナーキスト、流行作家、そして禅僧

黒古一夫
Kuroko Kazuo

佼成出版社

蓬州宮嶋資夫の軌跡——アナーキスト、流行作家、そして禅僧——

目次

第一部 ——「作家」への道 7

第1章 労働文学作家の誕生 8

〈1〉『坑夫』の衝撃 8
〈2〉『坑夫』——何故「発禁」となったのか? 15
〈3〉「憎悪美」・「叛逆美」 19
〈4〉『坑夫』以後 26

第2章 作家への道 31

〈1〉生い立ち 31
〈2〉流転の日々 40
〈3〉「文学」との出会い 44
〈4〉「近代思想」(無政府主義思想)との出会い 49

第3章　作家宮嶋資夫　60
〈1〉「体験」を言葉に、作家として再出発　60
〈2〉その文学的特徴　67
（1）『坑夫』系列作品　71
（2）自伝的短編群　77
（3）「鬼権」（金貸し）・相場師（兜町）体験　84
（4）「運動（労働・革命）」と「実生活」の相克　92
（5）多様な作品世界　104
（6）特記すべき表現活動　110
第4章　童話作家宮嶋資夫——「自己救済」としての童話　115
〈1〉その実状　115
〈2〉大正期の児童文学　121
〈3〉宮嶋資夫「童話」の特徴　129
〈4〉何故「童話」を書いたのか？　133

第二部 「仏門」生活 137

第5章 「仏門」に入りて 138

〈1〉「仏門」へ 138

〈2〉「禅」――「死」との格闘 150

第6章 ベストセラー『禅に生くる』の秘密 157

第7章 「禅」（修行）を書く 176

第8章 「禅」への懐疑か？――『坐禅への道』・『勇猛禅の鈴木正三』 194

〈1〉『坐禅への道』の意味 194

〈2〉過渡期（自力から他力へ）の証――『勇猛禅の鈴木正三』 207

終　章　「真宗」に帰す　218
宮嶋資夫・年譜（附・著作目録）　226
あとがき　247

装幀／髙林昭太

凡例

一、引用は、原則として『宮嶋資夫』（全八巻　慶友社刊）に収録されている作品は、その記載に従い、未収録の場合は、初出の雑誌や新聞、あるいは単行本の記載に従った。

一、ルビは、原則として本文の記載に従ったが、読みづらい（理解しにくい）漢字には適宜論者が付した。

一、旧漢字は新漢字（常用漢字）に改め、旧仮名遣いは原文に従った。

一、現代の言葉遣いに照らして明らかに間違いと思われる表現については、宮嶋資夫の「癖」を理解してもらうため、そのままにした。

一、作品名や本文に、現在では差別語に分類される言葉もあるが、時代の雰囲気を伝えるために、そのままにした。

第一部——「作家」への道

第1章

労働文学作家の誕生

〈1〉『坑夫』の衝撃

一九一六（大正五）年一月、「大正期労働文学」の開始を告げるとともに、遂にそれ以後この長編を超える労働文学作品は生まれなかったと言われる宮嶋資夫《みやじますけお》の『坑夫』が刊行される。「冬の時代」に抗して発行を続けてきた大杉栄と荒畑寒村を主宰者とする雑誌「近代思想」（一九一二年～一六年　全二七冊）の発行元近代思想社からの刊行であった。宮嶋資夫と「近代思想」（大杉栄・荒畑寒村）との関係について、自然主義文学の研究者瀬沼茂樹は『近代思想と労働文学』（岩波講座『日本文学史』第一五巻「大正デモクラシーと文学」第二章　一九五九年八月）の中で、次のように書いていた。

要するに、『近代思想』は大杉栄を中心として個人的無政府主義から「個人本位」に「社会」

と結びつきを見せた多くの評論・小説・詩歌を生み出し、『生活と芸術』（土岐善麿が石川啄木と発行を計画し、啄木が病気で抜けた後、土岐が独力で一九一三（大正二）年九月に創刊した「近代思想」の芸術版的な雑誌――引用者注）とともに、新しい広義の社会主義文学を用意していった。大杉の強烈な個性が魅惑となり、また周囲への適切な批評と指導とによって、この片々とした雑誌のまわりには、社会思想と深く結びついた人間的な文学の生まれる可能性を孕んでいた。すでに荒畑寒村の小説は、そのなかに労働者の体験に即した第四階級の文学――「労働文学」の契機と、社会主義運動の思想啓蒙をになう後来の「イデオロギー文学」の契機とを、方向づけているものである。大杉の感化を受けた宮島資夫《（ママ）》が『坑夫』を近代思想社から自費出版して、『怠惰者』や『艦底』（共に荒畑寒村の小説――同）のしめした労働文学の方向を一歩すすめたのも、こうした事情によるものと考えることができよう。

　ここで瀬沼が言う「近代思想社から自費出版して」というのは、正確には間違いで、正しくは「飲料商報社の社長高木六太郎の資金援助を受け、『坑夫』を近代思想社より刊行」ということになる。なお、この引用にも出てくる「生活と芸術」の発行人であり歌人でもあった西村陽吉（東雲堂書店主、土岐善麿の友人）は、『坑夫』について次のように評していた。

> 君の「坑夫」をよんで僕はあつい自分を忘れて了ふやうな興奮と、それから苦い沈思とを感じ

た。この自分を忘れて了ふ力、そしてその次に嘗つて覚えない強烈な沈思と自省とを要求する作品、優れた作品は大抵かうした反応を読者の内部に起させる。僕は終始興奮しながら君の「坑夫」を読み終つた。そして、そのあとに未解決に與へられたいろいろの問題が僕の沈思を強要した。（傍点原文「生活と芸術」一九一六・大正五年一月号）

では、瀬沼茂樹をして「（荒畑寒村の）『怠惰者』や『艦底』のしめした労働文学の方向を一歩すすめた」作品と言わしめ、同時代の歌人西村陽吉に「自分を忘れて了ふような興奮と、それから苦い沈思とを感じ」させた『坑夫』とは、いったいどのような小説だったのか。

舞台は、池井鉱山――宮嶋資夫が二〇代半ばに事務員として働いていた、宮嶋の親戚が経営する茨城県高萩市郊外のタングステン鉱山がモデルと言われる――、主人公は日本で最初の鉱山労働者の叛乱（争議行動）と言われる「足尾暴動」に参加したとされる「腕のいい」坑夫の石井金次である。石井金次とはどんな人物であったのか、また石井が働いていた鉱山はどのような景色を有していたのか、さらには鉱山労働とはどのようなものであったのか、宮嶋資夫は、それらの問いにすべて答えるべく作品の冒頭で次のように書いていた。

涯しない蒼空《あほぞら》から流れてくる春の日は、常陸《ひたち》の奥に連なる山々をも、同じやうに温め照らしてゐた。物憂く長い冬の眠りから覚《さ》めた木々の葉は、赤子の手のやうなふくよかな身体を、空に向けて勢いよく伸してゐた。いたづらな春風が時折そつとその柔《やわらか》い肌をこそぐつて通ると、若葉はきら〳〵と音もたてずに笑つた。谷間には鶯や時鳥《ほととぎす》の狂はしく鳴き渡る声が充ちてゐた。

池井鉱山二号飯場づきの坑夫石井金次は、その日いつものやうに闇黒な坑内で働いてゐた。

（中略）

山はダイナマイトをかけられる毎《ごと》に、大きな身体をもだへて苦しげに呻いた。が、石井にはその轟然とした凄まじい音響と共に、鉄のやうな堅岩も微塵に粉砕されるのが、日毎に味はふ限りない快感であつた。彼れは又何万年とも知れぬ昔から、何物にも触れたことのない山の肉を、自分の持つ鏨《たがね》の刃先で一鎚《つち》毎に擘《つんざ》いて行く快さをも貪り味《あじは》つてゐた。鏨を持つた左の腕を真直ぐに伸して、反身《そりみ》にした身体を半ば開いて、右に持つた鉄鎚を遠くから勢こめて打ち下すと鏨の頭から火花が散つて、岩に切り込む刃先からは目に見えぬ何物かゞ、手から腕へやがて全身に伝はるやうに覚えるのであつた。びちょ〳〵と血のやうに赤い冷たい水の滴る坑内でも、彼は汗をかいてゐた。

前半の擬人法を駆使した「自然描写」、そして後半の間近でその実態を見続けてきた者のみにしか絶対書けないと思われる鉱山の実際とその労働、改めてこのような『坑夫』を処女作として世に問おうとした宮嶋資夫の「作家」としての力量について思わないわけにはいかない。そのことは、苛烈な鉱山労働を強いられる足尾銅山から逃げ帰ってきた青年の話を基に書いたと言われる夏目漱石の『坑夫』（一九〇八・明治四一年）の、例えば次のような個所と比べてみれば、宮嶋資夫の労働文学作家としての先駆性がよくわかるのではないだろうか。口入屋《くちいれや》（労働者の斡旋を行う者）に「坑夫にならないか。金儲けができるよ」と誘われた青年が銅山の奥深くの採掘現場を案内された時の感想の一部である。

　さうして、硬く曲つた背中を壁に倚《も》たせた。是れより以上は横のものを竪にする気もなかつた。たゞ其の姿勢で向ふの壁を見詰めてゐた。身体が動かないから、心も働かないのか、心が居座りだから、身体が怠けるのか、とにかく、双方相び合つて、生死の間に彷徨してゐたと見えて、しばらくは万事が不明瞭であつた。始めは、どうか一尺立法でもいゝから、明かるい空気が吸つて見たい様な気がしたが、段々心が昏《くら》くなる。と坑《あな》のなかの暗いのも忘れて仕舞ふ。どつちがどつちだか分からなくなつて朦朧のうちに合体調和して来た。然し決して寝たんぢやない。しんとして、意識が希薄になつた迄である。

劣悪な鉱山労働の現実を身をもって知っていた人間の鉱石採掘現場の描写と、書斎での「聞き書き」を基に坑夫になろうとした青年と自分とを重ね、その上で坑夫志望の青年の「心理」を描いたものの違いは、まさに労働文学作家宮嶋資夫と文学史家によって「高踏派」と呼ばれるようになる文豪夏目漱石との「違い」であったと言っていいだろう。

そんな宮嶋資夫の『坑夫』について、当時を代表する思想家・社会主義者・小説家であった堺利彦（枯川）は、「『坑夫』の序」の中で、次のように高く評価していた。

宮嶋君、昨夜『坑夫』の校正刷を読んだ。坑夫の生活に関する僕の知識は、僕の故郷なる福岡県下の二三の炭坑を外部からチョイ〳〵覗いたのと、南助松、永岡鶴蔵、林小太郎等の元坑夫諸君から足尾の銅山や北海道の炭山の話を聞いたのと、それから今一つはゾラの小説『ジェルミナル』を読んだのとに限られて居たが、今度君の『坑夫』を読んで更に一層精神に其の内面の事情や気分を分らせられた様な気がする。僕は先ず其点に於いて君に謝する。

次に篇中の主人公石井の人物性情に対して、君が如何にも善くそれを理解し如何にも深くそれに同乗して居る点に敬服した。尤《もっと》も、世間からは只兇暴の一語を以て評し去らるべきあの人物の、不平と反抗心との由つて来る所を解剖し直感して、其の煩悶と鬱勃《うつぼつ》と焦燥と憤怒とを描写するのは、アナキストを以て自ら任じて居る君として、さして六かしい事では無いかも知れぬが、其の謂ゆる兇暴なる人物の、他の一面の、時として現はれ来る、柔らかな情緒をも、善く具《つぶさ》に躍動せしめたのが、僕の稍《やや》意外とする所で、従つて又大いに敬服する所である。

炯眼《けいがん》の評であるが、『坑夫』に「序」を寄せたもう一人大杉栄の『坑夫』評は、以下のようになっていた。

宮嶋君と『坑夫』の主人公石井金次との間には、強烈な生活本能と叛逆本能とを持つてゐる其の気質に於て、甚だしく相似てゐる。又君の放浪の間の行為に於ても、随分と此の金次のそれに似た事が多かつたらうと思はれる。そして此の事は、金次の心理解剖に於て、君が立派に成功した原因だらうと思はれる。しかし君は猶、金次の持たない、或る特性を持つてゐた。それは、君が君自身の強烈な生活本能と叛逆本能とを発揮しつゝあつた間に、其の結果に就いての考察を忘れなかつた事である。即ち盲目的行為の間に、同時に又、強烈な知識本能をも働かしてゐた事である。君は実に、信者の如く行為しつゝ、懐疑者の如く思索しつゝあつたのである。そしてこの事は、金次が単なる（と云つても可なりに複雑な心理を持つてゐるのだが）乱暴者として世を終つたのに反して君が遂にアナアキズムにまで到達した主因だらうと思はれる。且つ其処まで到達しなければ、本当に金次の心持を理解することが出来ないのである。

大杉栄は、この『坑夫』評を行う前の一九一三（大正二）年六月号の「近代思想」に発表した「征服の事実」において、「労働者てふ被征服階級」に必要な文芸は以下のようなものだと書いていた。

敏感と聡明とを誇ると共に、個人の権威の至上を叫ぶ文芸の徒よ。諸君の敏感と聡明とが、この征服の事実と、及びそれに対する反抗とに触れざる限り、諸君の作物は遊びである、戯れである。吾々の日常生活にまで圧迫して来るこの事実の重さを忘れしめんとする、あきらめである。組織的瞞着の有力なる一分子である。
　吾々をして徒《いたずら》に恍惚たらしめる、静的美は、もはや吾々とは没交渉である。吾々は、エクスタジーと同時にアンツウジアスム（熱意――引用者注）を生ぜしめる、動的美に憧れたい。吾々の要求する文芸は、彼の事実に対する憎悪美と叛逆美との創造的文芸である。

　このような大杉の主張は、ともすれば「芸術主義」的に流れる傾向にあった日本の近代文学に対する「異議申し立て」であり、明治一〇年代から二〇年代にかけて日本列島を吹き荒れた自由民権運動から精神的影響を受けた北村透谷らの文学観にインスパイヤーされ、詩作から小説家に転じた島崎藤村の『破戒』（一九〇六・明治三九年）に見られる「社会小説」的自然主義文学の流れを視野に入れたものであることは、歴然としている。その意味で、『坑夫』は大杉栄の言う「憎悪美」と「叛逆美」こそ「被征服者」である労働者階級に相応しい文学であると考える大杉栄の文学観にぴったりの作品だったのである。

〈2〉『坑夫』――何故「発禁」となったのか？

周知のように、日本の近代文学は二葉亭四迷の『浮雲』（一八八七・明治二〇年～一八八九・明治二二年）や森鷗外の『舞姫』（一八九〇・明治二三年）が如実に示すように、欧米に倣って「個人（近代的自我）」の確立をいかに表現内部で実現するかを軸に展開してきた。平たく言えば、知識人の「自立」や「恋愛」に関する懊悩の拠って来る所以を探求するところに、日本の近代文学は成立したのである。言い方を換えれば、「個人（人間）とは何か」「人間はいかに生きるべきか」をめぐって、近代文学は展開してきたということである。夏目漱石が日本近代文学の最高峰を形成するという考え方は、まさにそのような観点からの評価に基づくものにほかならなかった。

しかし、そのような文学史観は「知識人の文学」に重点を置いたところに成ったものであり、例えば『日本プロレタリア文学大系』（序巻～第八巻　一九五四年九月～五五年五月　三一書房刊）などに収められた現在「社会主義文学」、「労働文学」、「前期プロレタリア文学」と命名されている作品群とは別な世界に属する「正統的」な文学としての扱いを受けてきた。このことを別な観点、例えば近代社会の成立から成熟への過程を象徴する「出版の自由」という観点から見た場合、真の意味で夏目漱石を一つの頂点とする「知識人の文学」は、日本近代文学の「正統・正当」であると言っていいのかどうか、いささか心許ないところがある。

つまり、明治政府の在り方を批判する自由民権運動の言論を封じるために制定された「新聞紙条例」（一八七五・明治八年、それ以前は「新聞紙発行条目」一八七三・明治六年制定）や「讒謗《ざんぼう》律《りつ》」（同）、あるいは雑誌や新聞の発行を制限する（取り締まる）ために制定された「出版条例」（一八七二・明治五年、これ以後何度も改正を繰り返し、「言論の自由」を阻害することになる）によって、「反体制」的な言論は禁圧の対象となった。もちろん、小説や詩歌などの文学作品も例外ではなかった。

宮嶋資夫の処女作『坑夫』が、発売と同時に「発売禁止」の処置を受けたのも、先に記した「新聞紙条例」や「讒謗律」以降の「治安維持法」（一九二五・大正一四年）に集約されることになる「出版・言論の自由」制限と無縁ではなかった。宮嶋は、『坑夫』の発禁に関して、その回顧録『遍歴』（一九五三・昭和二八年）の「『労働者』の発刊」において、次のように記していた。

『坑夫』は大杉と堺の序文をつけて出版したが、直ちに発売を禁止された。私は直ちに警視庁に抗議に行つた。ストライキの宣伝も、暴動の扇動もしていないのにどこが、いけないのか、と云つた。すると丸山（当時の警視庁保安課長――引用者注）は大体に残忍性があるといふ。主人公が田舎の汚い男妾を切る所があるのを指すのである。（中略）私は出版物の取締法を知らなかつた。警視庁で発売を禁止したり、小売店の物を差押えるなどは違法だつたのだ。それで更に強硬に談判すると、一二ヶ所削除すれば好いといふことになつたのだが、それなら紙型を返してくれ、といふと、紙型を差押える法文はあるが返還する法文はない。（中略）警視庁と内務省を二三回往復したが、紙型は遂に返されなかつた。

『坑夫』の復刻版（一九九二年　不二出版発売）に解説を書いている西田勝によると、『坑夫』は一九一六・大正五年の一月九日に発売を禁止され、紙型も押収され、「風俗壊乱の廉を以て」発売禁止になった、と「読売新聞」、「時事新報」、「万朝報」、「都新聞（現在の東京新聞）」の一月一二日付朝刊が報じた、という。宮嶋は『遍歴』の中で、当局（警視庁）から「主人公が田舎の汚い男妾を切る所」など「一二ヶ所削除すれば好い」と言われたと書いているが、一九二〇・大正九年に刊行された『恨なき殺人』（聚英閣刊）に収録されている『坑夫』には、「主人公が田舎の汚い男妾を切る所」は削除されておらず、別に七か所が「伏字（〇〇）」になっている。例えば、次のような個所である。

彼れは建付《たてつ》けの悪い戸をそつと開けて中に這入つた。不意に目前に現はれた人影に驚いたお芳は、慌てゝ声を揚げやうとしたが、彼れはすぐに匕首《あいくち》を抜いて見せた。そして手を振つた。お芳はそれが石井であることが判ると痙攣《ひきつ》つたやうに声が出なくなつた。恐怖と絶望におびえた優しい目はじつと空を見詰めてゐたが、間もなく諦めたやうにがつくり首垂れて了つた。鈍い洋燈《ランプ》の光が、蒼くなつた横顔を照らして、身体のふるへが着物の端れで波打つてゐた。**石井は匕首をしまふと静かに戸を閉めて、何事もないやうな顔をしてお芳の側に座つた。**

『今晩は』と低い沈んだ声で言つてから

『おつかねえかいお芳さん』と言ひながら突然その腕を女の首に捲いた。身をすくめた女の、柔かい慄えが彼の身体に伝はつた。彼の目は蛇のやうに光つて蒼白い頬には血の色が浮んだ。

『もう仕方がねえさ、なあ』と女の顔を覗き込んだとき、蒼くなつた女の頬には冷たい涙が流れてゐた。その萎れた姿を見ると彼れの血は犠牲《にえ》を得た野獣のやうに荒れ狂つた。彼れは頸を伸して洋燈の火を吹き消した。押し倒された女は逆らいもしなかつた。

長い引用になったが、『恨なき殺人』所収の『坑夫』は、ゴシックの部分がすべて「○○○」になっており、読むことが出来ない。今では、初版本の『坑夫』のどの部分に「残忍性」があり、どのような表現が「風俗壊乱」を誘発する部分なのか分からなくなっているが、『坑夫』はその全体で大杉栄の言う「憎悪美」「叛逆美」を体現するものであったが故に、当局から発禁処分を受けた、と考えるのが自然である。

〈3〉「憎悪美」・「叛逆美」

大杉栄は、当時「憎悪美」「叛逆美」についてどのように考えていたか。有名な「生の拡充」（「近代思想」一九一三・大正二年七月号）の結論には、次のような言葉がある。

今や近代社会の征服事実は、殆どその絶頂に達した。（中略）

ここに於てか、生が生きて行く為にはかの征服の事実に対する憎悪が生ぜねばならぬ。憎悪が更に反逆を生ぜねばならぬ。新生活の要求が起きねばならぬ。人の上に人を戴かない。自我が自我を主宰する自由生活の要求が起こらねばならぬ。果たして少数者の間に殊に被征服者中の少数者の間に、この感情と、この思想と、この意志とが起つて来た。

ここで想起するのは、この挑発的な大杉の文章が「大逆事件」後の「冬の時代」に抗する意思の下で書かれたということである。その意味で、宮嶋資夫の『坑夫』は、その単行本に「序」を寄せたことからもわかるように、大杉の意（思想）を汲むものだったのである。なお、「大逆事件」後の「冬の時代」とはいかなる時代であったのか、石川啄木の「時代閉塞の現状（強権、純粋自然主義の最後及び明日の考察）」（未発表「大逆事件」後の一九一〇・明治四三年八月頃に執筆されたと想定される）が、その一端を伝えている。

我々青年を囲繞する空気は、今やもう少しも波動しなくなつた。強権の勢力は普《あまね》く国内に行亙《ゆきわた》つてゐる。現代社会組織は其隅々まで発達してゐる。――さうして其発達が最早完成に近い程度まで進んでゐる事は、其制度の有する欠陥の日一日明白になつてゐる事によつて知ることが出来る。戦争とか豊作とか飢饉とか、すべて或偶然の出来事の発生するでなければ（ママ）振興する見込の無い一般経済界の状態は何を語るか。財産と共に道徳心をも失つた貧民と売淫婦との急激なる増加は何を語るか。将又《はたまた》今日我邦に於て、其法律の想定してゐる罪人の数が驚くべき勢ひを以て増して来た結果、遂に見す〳〵其国法の適用を一部に於て中止せねばならなくなつてゐる事実（微罪不検挙の事実、東京並びに各都市における無数の売淫婦が拘禁する場所が無い為に半公認の状態にある事実）は何を語るか。

斯くの如き時代閉塞の現状に於て、我々の中最も急進的な人達が、如何なる方面に其「自己」を主張してゐるかは既に読者の知る如くである。実に彼等は、抑へても〳〵抑へきれぬ自己其者の圧迫に堪へかねて、彼等の入れられてゐる箱の最も板の薄い処、若《も》しくは空隙（現代社会組織の欠陥）に向つて全く盲目的に突進してゐる。

このような状況認識（歴史把握）を得た上で、石川啄木は次のように「行動」を提起する。

斯くて今や我々青年は、此自滅の状態から脱出する為に、遂に其「敵」の存在を意識しなければならぬ時期に到達してゐるのである。それは我々の希望や乃至其他の理由によるのではない、実に必至である。我々は一斉《いっせい》に起《た》つて先づ此時代閉塞の現状に宣戦しなければならぬ。自然主義を捨て、盲目的反抗と元禄の回顧とを罷《や》めて全精神を明日の考察――我々自身の時代に対する組織的考察に傾注しなければならぬのである。

これまでの調査や研究では、石川啄木と宮嶋資夫とが接点を持っていたかどうかは、分かっていない。しかし、宮嶋の『坑夫』が発禁処分を受けた理由が、先に見たように描写の「残忍性」や

「風俗壊乱」にあるのではなく、「真の理由」が「坑夫だって人間だ、石蓋を被つて働いて馬鹿にされてたまるか」というような主人公の考え方に象徴される思想、あるいは以下の表現に見るような「体制・権力批判」にあったとするならば、宮嶋は暗黙の裡に石川啄木の「問題提起」を受け止めていたことになるし、当局がこの中編小説を発禁処分にしたのも首肯できるのである。場面は、金鉱探しに成功した主人公が、約束された多額の報酬をもらえなかったために、怒りに任せて遊興にふける鉱山主のところへ抗議に出かけて行った時のものである。

その夜彼れは匕首を懐《ふところ》にして鉱主の宿を訪ねた。一時に巨万の富を得て気の驕《おご》つた鉱主の周囲には美しい女がゐた。前には酒が並んでゐた。それを見ると抑へてゐた怒りは彼れの胸を衝き上げた。蒼くなつてわな〳〵と慄へながら座つた彼れの物凄い形相《ぎょうそう》を見たとき、鉱主は危険が迫つたのを感じた。便所に行くふりをして座敷を出た切り鉱主の姿は再び見ることが出来なかつた。

巧みにかはされた口惜《くやし》さに彼れは、

『やい狸野郎を出さねえか』と宿屋の中を暴れ廻つたが、その時已《すで》に来てゐた警官に押へられて了つた。（中略）彼の胸に燃え初めてゐた反抗の火は、漸く強い焔になつた。

野州の山に大暴動の起つたときも、生れつきしな〳〵と機敏な身体を持つた彼れは、暴動の主唱者よりも勇敢に闘つた。手から離れると直ぐ爆発する導火線の短いダイナマイトを投げつけ、家を焼き人を傷つけて、血と火の漲《みなぎ》る叫喚の裡に、全身に充ち渡つた反抗の念を溶け込ましたが、恐ろしい軍隊の力に圧迫されて重だつた者の多くが捉へられたときも、素敏《すばや》い彼れは、山伝ひに巧みに逃げ終せた。

当然、このような主人公の性情や行為について、果たして大杉の唱えた「憎悪美」「叛逆美」を体現したものと言っていいのか、という疑問が生じないわけではない。別な言い方をすれば、『坑夫』は小田切秀雄が先の『プロレタリア文学大系』第一巻の「解説」の中で、「絶対主義下の資本秩序の網の目の中で、網の目の権威を信じないところまで成長してきた労働者階級の人間的エネルギーが、自己解放の道をつかみえないために、個人的な反逆の中で自己を破滅させていく経過をちからづよく描き出した作品」と評価するような内容を持った小説であったか、ということになる。

しかし、前記引用にある「彼れは、暴動の主唱者よりも勇敢に闘つた。手から離れると直ぐ爆発する導火線の短いダイナマイトを投げつけ、家を焼き人を傷つけて、血と火の漲る叫喚の裡に、全身に充ち渡つた反抗の念を溶け込ました」の部分などを見れば、主人公の石井金次が鉱山主（資本家階級）や飯場頭（管理職）に激しく「憎悪」の炎を燃やしていたことはわかるし、その主人公が体現していた「叛逆心」はまさに作者宮嶋資夫のものにほかならなかった、と言っていい。

発禁処分を受けた『坑夫』の「憎悪美」「叛逆美」が如何に突出していたか、それは例えば近代文学史において初めて「労働の現場」を描いたと言われる白柳秀湖の『駅夫日記』（一九〇七・明治四〇年）や、白樺派の作家有島武郎が船舶の修理に従事する最底辺の日雇い労働者の姿を描いた

『かんかん虫』（一九一〇・明治四三年）などの労働者の描き方と比べて見れば、歴然とする。

『駅夫日記』は、文字通り目黒駅に勤務する若い（一九歳）駅員が駅にやってくる乗客や線路工夫らとの交流を「日記」風に描いたもので、故にそこに描かれている「労働現場」も作者自らの「体験」を基にしたものではなく、夏目漱石の『坑夫』のように、「見聞」したものを書いただけと思われる。次の描写は、複線化工事に従事している線路工夫の姿を描いたものだが、宮嶋資夫の『坑夫』が描く坑内の労働と比べてみれば、『駅夫日記』には体制（権力）批判、あるいは作者の激しい「憎悪」や「叛逆心」が希薄だということが理解できるだろう。

　初めのうちは小さいトロッコで崖を崩して土を運搬して居たのが、工事の進行につれて一台の汽《き》缶車《かんしゃ》を用うる事になった。たとえば溶炉の中で人を蒸し殺すばかりの暑さの日を悪魔の群れたような土方の一団が、各自に十字鍬《すき》や、ショーベルを持ちながら、苦しい汗を絞って、激烈な労働に服して居る処を見ると、私は何となく悲壮な感にうたれる。恵比寿停車場の新設地まで泥土を運搬して行った土工列車が、本線に沿うて纔《わず》かに敷設された仮設軌道の上を徐行して来る。見ると渋を塗ったような頑丈な肌を、烈しい八月の日に曝して、赤裸体のもの、襦衣《はだぎ》一枚のもの、赤い褌《ふんどし》を占めたもの、鉢巻をしたもの、二三十人が各自に得物を提げて何処という事なしに乗込んで居る。（中略）何かしきりに罵り騒ぎながら、野獣のような眼をひからせて居る形相は所詮人間とは思われない。（『駅夫日記』）

引用の最後にある「野獣のような眼をひからせて居る形相は所詮人間とは思われない」は、まさに語り手の「私」、すなわち作者が線路工事の土工（当事者）ではなく、「傍観者」でしかないことを図らずも語るものであった。学習院初等科時代は大正天皇の「ご学友」――単なる「同級生」ということではなく、同級生の中から「選ばれて」帝王学を学んでいた大正天皇（当時は皇太子）と共に「遊び」「学ぶ」ことを強いられた存在である――であった有島武郎の『かんかん虫』は、アメリカ留学中に「社会主義」「無政府主義」の洗礼を受けたからなのか、「傍観者」であることを否定し、できるだけ「無産者＝下層労働者」の論理と心理を理解しよう（寄り添おう）としたところに成った短編であった。

『かんかん虫』における労働は、次のようなものである。

私も持場について午後の労働を始めた。最も頭脳を用うる余地のない、而して最も肉体を苦しめる労働はかんかん虫のする労働である。小さなカンテラ一つと、形の色々の金槌二つ三つとを持って、船の二重底に這い込み、石炭がすで真黒になって、油の様にとろりと腐敗したまま溜って居る塩水の中に、身体を半分侵しながら、かんかんと鉄鏽《てつさび》を敲《たた》き落すのである。隣近所でおろす槌の響きは、狭い空洞の中に籠り切って、丁度鳴りはためいて居る大鐘に頭を突っ込んだ通りだ。而して暑さに蒸れ切った空気と、夜よりも暗い暗闇とは、物恐ろしい仮睡《うたたね》に総ての人を誘うのである。敲いて居る中に気が遠くなって、頭と胴とが切り放された様に、頭は頭だけ、手は手だけで、勝手な働きをかすかに続けながら、悪い夢にでもうなされた様な重い心になって居るかと思うと、突然暗黒な物凄い空間の中に目が覚める。

臨場感あふれる「労働」現場の描写であるが、ではこの『かんかん虫』に『坑夫』のような「憎悪美」や「叛逆美」があるかということになると、引用冒頭の「私」という措辞および作品の舞台が帝政ロシアの港であり、登場人物も「ヤコフ・イリイッチ」のようにロシア人に設定されていることを考え併せ、明治末日本の現実に即していないということも加味すれば、「憎悪美」「叛逆美」は希薄なのではないかと思わざるを得ない。

〈4〉『坑夫』以後

処女作『坑夫』は発禁処分となったが、当時の反体制派を代表する思想家・文筆家の堺利彦（枯川）と大杉栄の「序」を得、少部数だが流布し、その『坑夫』を読んだ歌人の西村陽吉らによって高く評価されることになる。が、そのことがあって、宮嶋資夫は長い「彷徨」時代の間に育んでいた「作家への夢」が実現するのではないかとの思いを強くし、試行錯誤の日々を過ごすことになる。

それは、『坑夫』の発売禁止処分を受けたあと、小説の執筆を続けながら自分の立ち位置を定めるべく、様々に精神の暗闘を繰り広げていたことから理解できる。その間の宮嶋資夫の「暗闘の日々」を「年譜」に従って簡単に記すと次のようになる。

一九一六（大正五）年　三一歳
・一月、処女作『坑夫』を出版。直ちに出版禁止の処置を受ける。
・一月、「労働者の友に与ふ」（随筆）「書評『貧しき人々』（広津和郎訳）」（「近代思想」）を書く。
・五月・六月、自宅にて「平民講演会」（大杉栄・荒畑寒村主宰）を開く。
・何月だか不明だが、「平民講演会」にて大杉、青山菊枝らと共に検挙される。
・九月、「一種の手淫に過ぎない」（随筆「新社会」）を書く。
一九一七（大正六）年　三二歳
・前年十一月九日に起きた「葉山日蔭茶屋事件」（堀保子という妻がいながら愛人の伊藤野枝と葉山の日蔭茶屋に逗留していた大杉栄を、大杉のもう一人の愛人神近市子が嫉妬に駆られて短刀で刺したという事件）を契機として、大杉たちと離反する。
・一月、「予の見たる大杉事件の真相」（随筆「新社会」）を書く。
・六月、「陥穽を読む」（書評「新社会」）を書く。
・九月、「恨なき殺人」（小説「新日本」）を発表。
一九一八（大正七）年　三三歳

・一月、「余の見たる鬼権」（随筆「変態心理」）を書く。
・友人に誘われ再び相場に手を出し、放蕩する。
一九一九（大正八）年 三四歳
・春から高畠基之に英訳本『資本論』の講義を受ける。
・一二月、比叡山に辻潤、武林夢想庵を訪ねる。
一九二〇（大正九）年 三五歳
・一月、「母と子」（小説「新公論」）を発表。
・一月、家族と共に比叡山に移る（八月、家族を帰京させる）。
・三月一日〜五日、「山上より」（評論「東京日日新聞」）を書く。
・六月、「雪の夜」（小説「新時代」）を発表。
・同、『恨なき殺人』（小説集 聚英閣刊）を刊行する。
・九月、比叡山を下山し、本格的に文筆生活に入る。
・一〇月、「土方部屋」（小説「解放」）を発表。
・同、「余りに優しい弱い人――宮地嘉六氏の印象」（随筆「新潮」）を書く。
・一二月、「暁愁」（小説「新潮」）を発表。
・一二月一一日〜翌年三月一五日、「犬の死」（長編「東京日日新聞」四七回連載）を発表。
一九二一（大正一〇）年 三六歳

- 一月、「社会主義運動の現状」(評論「新文学」)を書く。
- 三月、「角兵衛の子」(小説「新文学」)を発表。
- 同、「残骸」(小説「大観」)を発表。
- 同、「国定忠治」(社会講談「改造」)を発表。
- 四月、「大杉栄論」(評論「解放」)を書く。
- 四月、高尾平兵衛、和田軌一郎、吉田一らと「労働社」を結成し、新聞「労働者」を発行する(「労働者」は翌年五月まで一〇号発刊する)。
- 四月一五日、五月一五日、六月二五日、「偶感独断録(上)(二)(三)」(後、「小資本家的階級に対する反感」と改題　評論「労働者」)を書く。
- 五月、「閃光」(小説「小説倶楽部」)を発表。
- 五月三一日～六月三日、「断片」(評論「東京日日新聞」のち、「断片(一)」と改題)を書く。
- 六月、「さまよい」(小説「人と運」創刊号)を発表。
- 七月、「失職」(小説「解放」)を発表。
- 同、「竹川森太郎」(社会講談「改造」夏季特別号)を発表。
- 一〇月、「比叡の雪」(随筆「種蒔く人」)を書く。
- 同、「赤いコップ」(小説「文章倶楽部」)を発表。
- 同、「道草」(小説「太陽」)を発表。

・一〇月二〇日～二二日、二五日、「断片」（四回連載　評論「東京日日新聞」後に「断片二」と改題）を書く。
・一〇月、「奇術師」（童話「金の船」）を発表。
・十一月、「転々三十年」（自伝「文章倶楽部」）を書く。
・十一月、有島武郎、藤森成吉、秋田雨雀らと大阪で「露国飢餓救済募集」の講演会で演説する。
・十一月十二日、「原観吾君へ」（書簡「東京日日新聞」）を書く。
・この年から、「金の星」編集部の野口雨情に誘われて童話を書き始める。

長々と「略年譜」を書き写したのは、この「略年譜」を見れば一目瞭然なのだが、一九二一（大正一〇）年から宮嶋の生活が劇的に変化したということである。つまり、宮嶋はこの頃から「職業作家」としての人生を歩むようになったが、それは発禁になった『坑夫』が大正文壇、就中《なかんずく》大正労働文学〈前期プロレタリア文学〉の中で高く評価されたからにほかならなかった。

第２章 作家への道

〈１〉生い立ち

宮嶋資夫は、一八八六（明治一九）年八月一日、東京府下四谷伝馬町に父宮嶋貞吉、母ふみの四男として生まれる。父は、元大垣藩士で、当時は農商務省に勤務していた。母は、旗本の秋山家に生まれるが幼くして同じく幕臣の落合氏の養女として育つ。資夫は、本名信泰。兄がすべて夭折したため、姉三人、弟二人、妹一人の大家族の中で、「長男」として遇され育つ。しかし、官吏とは言え、貧乏な没落士族の家庭であったために、上級学校へ進むことができず、私立の井上学校（小学校）を皮切りに、公立の四谷小学校、山形県立師範学校付属小学校、四谷小学校高等科と転校を繰り返し、小学校を卒業するとすぐ砂糖問屋へ丁稚奉公に出される。

宮嶋資夫は、生涯いくつかの「自伝」を残しているのだが、そのうちの一つで一番早い『宮島資夫自叙伝第一巻　裸像彫刻』（一九二三・大正一一年一一月　春秋社刊　第一巻の巻末に第二巻、第三巻の刊行が予告されていたが、これまでの調査では、第二巻以降の刊行を確認することができなかった）によると、宮嶋が記憶していた最初の光景は、以下のようなものであったという。なお、宮嶋は単行本の著者名、雑誌や新聞掲載時の著者名に、「宮嶋資夫」「宮島資夫」の両方をこだわりなく使い、また出家得度（一九三〇・昭和五年一〇月）後は「宮嶋蓬州」を使うこともあったが、本書では引用文以外では「宮嶋資夫」に統一して使うことにした。

　春になれば春のようにも思われ、秋になると秋のようにも思われるが、それは夏でも冬でもない日の夕暮れだつた。高い樫の木で囲まれた塀の下に来て、私は乳母の背中に負はれながらしく〳〵泣いてゐた。樫の木の下はかなめか何かの垣根になつてゐたように私の頭には残つてゐるが、その木の葉を越して中の座敷の方からは、ランプの光が懐かしげに輝いてゐた。それは私がその日まで全く見た事もない家であつた。けれども光の洩れて来る座敷の方からは、父親が笑つてゐる大きな声が聞こえて来た。

これは三歳の時の記憶だということだが、ここからは新しく引っ越した家から聞こえてくる父親の笑い声を垣根越しに聞く宮嶋の、何とも形容のしようのない「孤独」が伝わってくる。と同時に、この引用が私たちに教えてくれるのは、宮嶋資夫という人間がいかに豊かな「感受性」を持っていたかということでもあった。では、「三歳児」にして「孤独」を感じる宮嶋資夫の感受性はどこから生まれてきたのか。『裸像彫刻』が伝えるところによれば、それは次のような父親の「暴君」ぶりに起因する「心理」とでも言うべきものであった。

その頃の私の家はそれほどに、いつも陰気でざはついて、それでゐて何となく喪に閉ぢられた家のやうにいつも寂しく沈んでゐた。

それといふのも凡て家庭の暴君であつた父親の我儘から起つた事である。この頃になつて、殊に私の友人の家などを歩いてみても、あんな馬鹿げた家庭と云ふものはどこへ行つても見た事はないが、その頃の私の家といふものは、父親ばかりが大きな息を呼吸して、思ふが儘に笑つたり怒鳴つたりして暮してゐたのだ。母親も二人の姉も召使も、父親が家にゐる間は、大きな口を開けて息一つする事も出来ないほど小さくなつてちゞこまつて暮してゐた。余程後になつてから見たり聞いたりしたことだが、その頃も父親は朝起きるとすぐに風呂を沸かさせて、朝湯が済んでからでなければ食事をしなかつた。さうして役所に出るまへの支度をするにも、ネクタイ一つですら母親の手をかりなければ結ぶ事が出来なかつた。

相当な「ワンマン（暴君）」ぶりだが、関ヶ原合戦の要衝であったことから一〇万石を受領していた「譜代大名」大垣藩の藩士として、「士農工商」の身分制下に育った宮嶋の父親にしてみれば、一人一人がそれぞれ「対等平等」の関係を基本とする近代社会の何たるかを充分に理解していなかったのかも知れない。それに併せて、封建道徳の中核を担っていた「儒教」の影響を受けたところに成立した日本の「家父長制」をそのまま受け入れていたが故に、父親は宮嶋はじめ家族に対して引用のような態度をとったのだろう。決して息子を愛していなかったというわけではなかったと思うが、宮嶋の「記憶」の中の父親は、息子への愛を忘れた「暴君」であった。

そんな「暴君」の父親は、宮嶋が五歳になると息子へ偏執的な「暴力」を揮うようになる。

　五歳になつた正月の元日だつた。どんな悪い事をしたのか私は少しも憶えてゐないが、たかゞ臆病なか弱い五歳の少年がした事である。私は父から怒られて、謝罪《あやま》れと云はれたのを謝罪らなかつた為に、短気な父の癇癪《かんしゃく》は火のように燃え上つてしまつたのだ。それまでにも父は怒ると、二人の姉を打つたり抓《つね》つたり可なり酷い折檻《せっかん》をしてゐたが、まだ骨もろくに固まらないやうな、私を打つことは滅多になかつた。けれどもその朝いけなかつた事は私が五歳になつてゐた事である。（中略）

　どういう風に叱られて、どういう風に打たれたかは忘れたが、やがて私は、庭の松の木に縛られてしまつてゐた。母はそばから色々謝罪つてくれたが『お前が甘いからいかんのだ』と云つて、父の怒りは益々烈しくなるばかりであつた。

　私は松の木の根つこの方に、細帯で後ろ手にされて、結びつけられてわい〳〵泣きながら慄えてゐた。

『お前のような奴は、いつまでもさうして泣いてゐるが好い』と云つたまゝ、父は障子を閉めて中に入つてしまつた。空にはよその子供が上げた凧のうなりが勇しさうに鳴つてゐた。私は悲しさと口惜しさで、寒さに慄えながらいつまでも泣いてゐた。（『裸像彫刻』「第一章」）

厳しい父に「折檻」される子供という構図は、かなり長い間続いていたようで、宮嶋のトラウマにもなっていたようである。ちょっとした「失敗」をしても、父の怒りを「理不尽」と感じた宮嶋は謝ることをしなかったために、父の怒りは増幅され、さらに激しく擲《なぐ》られ抓られるようになり、ときには背中を強く擲られて失神するようなこともあったという。

そんな父親も、宮嶋が九歳の時（一八九四・明治二七年）に「豊かな生活」を夢見て相場に手を出し失敗し、挙句に行政改革（整理）のあおりを受けて勤めていた農商務省を辞めることになり、一家は窮乏生活を余儀なくされる。農商務省を辞職した父親は、一八九六（明治二九年）、宮嶋が一五歳の時、起死回生を期し、友人を頼って日清戦争の勝利によって日本の植民地となった台湾の県庁へと単身赴任する（父が台湾から帰国するのは、一九〇〇・明治三三年の春である）。

それ以前、父親が新潟へ出張した時に連れ帰ってどこかの役所に入れた「柴田の小父さん」が、母親の面倒を見るために何処か田舎へ行きたいということから、当時勤めていた沖縄県庁から山形県庁へ転勤することになり、宮嶋は「柴田の小父さん」家族と共に山形へ行き、そこで日清戦争の始まった一八九四（明治二七）年の一一月から翌年の五月まで約半年間過ごすということがあった。

四谷小学校から山形県立師範学校の付属小学校へ転校したのである。父の悋気《りんき》（暴力）から逃れるためとはいえ、九歳にして「他人」の家で生活するということが、宮嶋の性格形成にどのような影響を及ぼしたのか。

その頃の自分について、宮嶋は『裸像彫刻』（第二章）の中で、次のように書いていた。

実際私はその頃は、自分の家もいやだつた。生きてゐるのも嫌だつた。学校もつまらなかつた。夜になると父に擲られ、あさになると腫れぼつたい眼をして、不精不承に学校に行き、それが終るとまた夜の折檻を眼の前にぶら下げながら、暗い心持で表てに遊んでゐた。

このような気持ちで毎日を過ごしていた少年の精神は、どうなるか。台湾へ単身赴任していった父親はもちろん、母親にさえ甘えることができなかった宮嶋少年は、急速に「成長」し、「大人」になっていったものと思われる。その当時「私の精神状態に何か余程の変動が起つてゐたのであつたろう。私は時々一人して、たゞぢつと空を眺めて考へてゐる事が多かつた。縁側に寝転んで、蒼空に眺め入つてると、私はたゞ何と云ふわけもなく悲しくなつた」という宮嶋を見かねて、「宗教の力でゝも、正直に立ち返らせたいと思つた」母親に連れられて、（浄土）真宗の説教を聞きに行くようになっていた。その頃の心境について、宮嶋は同じく『裸像彫刻』「第三章」の中で次のように書いている。

絶え間なき周囲との闘争、苛立たしい孤立、人知れぬ憂鬱、さう云ふ状態の中につまらなく張りつめた心で暮して来た私は、その時はもう疲れ切つてゐたのかも知れなかつた。そしてたまたま聞いたその説教が、私にやすらいの息停場《そくてい》所を與へてくれたのかも知れなかつた。私は、その日から熱心な信者と云つてゐゝか、或ひは又た聴聞者かになつてしまつた。朝起きると私は母のあとに従つて、仏壇の前に座つてお勤めをした。正信偈《しょうしんげ》も和讃も御文章もすぐに記憶した。阿弥陀経も空で読むようになつてしまつた。学校が終るとすぐに私はその寺に出掛けて行つた。

このような「信仰心」を持ったのは、一二歳の時であったというが、宮嶋はこの時代の寺参りや仏壇の前での読経が「本物」でなかった、との思いを持っていた。「早熟」、つまり世間知に長けていた宮嶋は、母親が寺参りでお坊さんの説教を聞くことによって一時の「平穏な心＝安心」を得ていたことを知って、できれば自分をそれにあやかりたいと切に願っていたものと思われる。しかし、充分に宗教（仏教）の何たるかを考える前に、寺参りや仏壇前での読経を行っていれば「心の平安」や「現状打破」が実現できると思っていた一二歳の宮嶋にとって、「自己救抜」の実現は夢のまた夢であった。

恐らくそれは本当の信仰と云ふものではなかつたに違ひない。或ひは凡ての所謂信仰と云ふものが、そんなものであるのかも知れないが、私はだんぐ〵にその説教の単調に飽きて来た。一時は仲の悪い姉の、邪険な無信心を憐れむような心にもなつてゐたが、私には如何なる悪人もまた自分の敵を絶対に許すと云ふような博大な心持にはなれなかつた。また人と争ひながら、すぐそのあとから報恩懺悔の称名を唱へると云ふ事も、間違いなく行ふ事は出来なかつた。私はたゞ激情の惰力だけで、母のあとについて聴聞廻りをしてゐるに過ぎないようになつてしまつた。（同「第三章」）

父親との激しい確執によって育まれたものと思われる宮嶋の「自己中心」的な思考と感覚、それはまた強烈な「自我」意識の発露でもあったと考えられるが、そのような形で自己形成を遂げたが故に、後に大正期の文学、あるいは「労働文学」を代表する作家になったのかもしれない。

なお、最晩年に記した自伝『遍歴』（原題『真宗に帰す』一九五三・昭和二八年　慶友社刊）の「生い立ち」や「無限の恐怖」にも、また「数奇を極めたる文士の半生――所謂労働文学の作者として、現下文壇に異彩を放ちつゝある宮島資夫氏の、身の上話をこゝに掲げる。文壇人多し、しかも氏の如きは稀であらう。これを文壇立志編としてみるもよい。如何なる境遇にあるも人は必ずその本質に従うて生くるのである」とのプロローグのある「転々三十年」（「文章倶楽部」一九二一・大正一〇年一一月号）というエッセイにも、『裸像彫刻』と同じような記述がある。それらを参考に宮嶋の幼少期から小学校卒業までの履歴を見て総じて言えることは、「四民平等」となった明治近代社会の中でうまく世渡りできなかった「元士族」の父親を中心とした家族の中で、総体的に宮嶋は「平穏」とか「安らぎ」とは無縁の生活を送ったということである。また、そのために育まれた強い「自我」意識故に、家族を含む他者との関係を「良好」な形で築くことができず、宮嶋は心の裡に「空虚感」というか「空白感」を抱える人間として育ったのではないか、とも考えられる。「転々三十年」の「（4）悪童時代」は、自分の子供時代について、まとめて次のように書いていた。

私は小さい時から父親には余り愛されなかつた。寧ろ甚だしく虐待されて育つたのであつた。その癖父親は、全然私を愛さないかと云ふに、さうでもないのだが、家長専制的の家庭の遺物のつまらないところをさんざ味はされたものらしい。そこで父親が台湾に行つてしまつてからは、それまでにも可なり悪くなりかけてゐた私は、一時に放縦の心持あらん限り働くやうになつてしまつた。その癖今でも自分自ら時々軽蔑する程、センチメンタルでもあつたし、また人一倍に母親には愛されも、愛しもしてゐたのだが、又可なり激しい我儘で、父親のゐない留守を預かつてゐる、母親を散々苦しめたのであつた。

最後に、宮嶋が大変「早熟」で、かつまたいかに「不良少年」であったか、『裸像彫刻』「第三章」には次のように記されている。

煙草を吸うことを覚えたのも、その頃のことである。それは私の家の先の横町にゐた、洗濯屋の小僧が教へてくれた。私は母に小遣をねだつては、ピンヘット、サンライス、赤天狗などと云ふ煙草を買つて皆して盛んにぷかく吹かした。はじめて吸つた時は頭がくらくするようであつたが、鼻から出すことが面白かつたり、輪を吹く事を興《おもしろ》がつてゐる中に、いつか煙草の味を覚えてしまつたのであつた。漸く十になつたばかり位の子が、町の角に立つて煙草をぷかく吸つてゐる姿を考へると、かうして書きながらも妙な気がしてくるのである。

私はたゞに強情で悪戯《いたずら》になつたばかりでなく、その頃はまた学校もよく怠けるようになつてしまつた。しかしそれは、一つには遊びの面白さに捉はれてゐた為めでもあつたが、小説を読むことの興味を覚えはじめた私には、幼稚な教科書のどれもこれもが、何の感興をも引かなくなつてしまつたからでもあつた。

〈2〉流転の日々

一二歳になった宮嶋は、無事に小学校を卒業したが、経済的な問題もあって上級学校への進学は諦め、東京都中央区小舟町にあった砂糖問屋の小僧となった。それ以後、宮嶋は職を転々とするのだが、その「流転＝彷徨の日々」について、『裸像彫刻』と「転々三十年」の記述に従って簡単に記すと、以下のようになる。

まずは、「砂糖問屋の小僧」になった経緯について、『裸像彫刻』は次のように伝えている。

砂糖屋などゝ云ふ事は、その話がきまるまで私の夢にも考へた事のない商売だった。私は余り気が進まなかつたが、母はその乳母もゐるので幾分か、力にもなるだらうと云つて、しきりとそこに行く事をすゝめた。叔父は叔父で、商売の呼吸さへ呑み込めば、何商売をしても同じ事だと云つて、その旧式な砂糖屋へ行く事に賛成した。商売の呼吸と云ふ事が、恐らくむづかしいようにも聞えれば、又た、ぢき覚えられる事のようにも私には思はれた。そしてその呼吸を呑み込んでさへしまへば、私は明日が日にも独立して商売を始められる。つまり一時も早くそれを呑み込む事が出来さへすれば、成功も致富も思ふが儘につかめると私は考へたのであつた。さうして心窃《ひそ》かに学校なんか行く人間の、まだるつこい馬鹿々々しい道を進んでゐる事を笑ふような気さへなつたのであった。（「第四章」）

このような「安易」な考えで砂糖問屋の小僧になった宮嶋であったが、一番下っ端な小僧（丁稚）という身分で「商売の呼吸」を身に着けることがいかに困難であるかを、二年間の丁稚奉公の末に気付く。「二度いやだと思ひ出すと、私はどうしてもどんな犠牲を払つても、その事を辛抱出来ない性質」ということもあって、砂糖問屋を辞めるのだが、それはまた「迷宮のような流浪の生活に、更に一歩を進め」ることでもあった。宮嶋は、砂糖問屋の次に「羅紗屋」に一週間、その後は「三越呉服店」の小僧となる。「転々三十年」では、その間の推移について、簡潔に、次のように書いている。

その後間もなく日本橋の羅紗屋の小僧となったが、恐ろしくけちな矢釜しい主人なので、一週間と経たない中《うち》にその家も飛び出し、次には三越の小僧になつた。その頃の三越は、まだ陳列台が出来てから間もない頃で、客が来ると番頭が、『小ども！』と妙な節をつけて呼んで、小僧が何とか云ふ名の板の上に反物をのせて、倉と店の間をバタぐ駈け通すのが役目だつた。（中略）こゝでも私は甚だ不成績で、身装《みなり》に構はないので店には出ず、綿部と云ふ所にくすぶつてゐたが、お陰で書物を沢山読む事は出来たが、一年半ほどゐる中に、外の小僧が二級も三級も進むのに、私はいつも一番尻の子供五級に残されて、おまけに禁足だの、公休なしだのと云ふ罰を喰はされては掲示ばかりされてゐた。（「（6）今度は羅紗屋の小僧」）

元々は、一〇歳にして煙草を嗜むほどに内部に「修羅＝鬱屈」を抱え、また「小説を読む」楽しさを覚えてしまった宮嶋の小僧（丁稚）生活、出世を望むべくもなく、また長続きするはずもなかった。三越呉服店を辞めた後の宮嶋は、文字通り「転々三十年」の生活を送るのであるが、大杉栄や荒畑寒村の「近代思想」（無政府主義思想・運動）に出会うまでを「年譜」に従って記せば、以下のようになる。

一九〇一（明治三四）年一一月　三越呉服店を辞めた後、一ヶ月ほど簿記学校に通う。

一九〇二（明治三五）年六月　日本橋薬研堀《やげんぼり》の歯科医富安晋の書生となる。

一九〇四（明治三七）年四月　渡米を計画するがトラコーマのため断念する。富安塾を辞め、家を出て、メリヤス工場に勤めたり、絵葉書・絵草紙の彩色をしたりして自活する。

この年、一四歳の少女常子に恋をして、烈しいノイローゼになり自殺を考える。自殺できず、早稲田で羊牧場を手伝う。後、砲兵工廠の人夫になる。

一九〇五（明治三八）年　義兄木下藤次郎の紹介で「万朝報」記者山県五十雄の経営していた東西社の雑誌「英学生」の広告取りになる。

この年、相場師の「原」に誘われて、米相場に手を出し、失敗する。

一九〇六（明治三九）年　この年の暮れ、兜町（株式市場）の「大里」の手代となる。

一九〇七（明治四〇）年　兜町の「加東」という店に移るが、女性問題で兜町にいられなくなり、大阪（猪飼野）に行き、「鬼権」と言われた金貸し木村権右衛門の手代となる。

一九〇八（明治四一）年　大阪から帰京。牛乳屋の配達をしたり、牛乳屋の経営を行うが、失敗する。

一九〇九（明治四二）年　茨城県高萩市郊外（市内から二〇キロほど離れた）で親戚の経営していた高取タングステン鉱山の事務員となる。

一九一〇（明治四三）年　鉱山から帰京。再び兜町で三ヶ月ほど働く。

一九一一（明治四四）年五月　ある女性と刃物を使った心中事件を起こし、女性だけが死ぬ。傷が癒えた後、土工となる。一〇月、工場機関部のボイラー人夫となる。

一九一二（明治四五・大正元）年　下宿していた家の母娘と「乱倫関係」になり、その家の主人に訴えられ未決囚として拘置所で一ヶ月過ごす。

拘置所を出た後、材木屋の人夫、折箱屋の職人、魚河岸の軽子（荷物を運ぶ人足）、ボテフリ（棒手振り――魚を入れた籠を天秤棒で担ぎ売り歩く人）で日銭を稼ぐ。


まさに「疾風怒濤」というより、自分の鋭い感受性といよいよ資本主義体制を軌道に載せつつあった明治近代社会の動きに「翻弄」されまくった「少青年時代」、それが宮嶋資夫の「転々三十年」にほかならなかった。なお、蛇足的に付言しておけば、この「転々三十年」の放浪生活の裏側には、常に「死の恐怖」が張り付いていたということである。

〈3〉「文学」との出会い

そんな職を転々とし、女性との間で神経衰弱になるような「純愛」や、下宿先の母娘との間で「乱倫」関係になるなどの「青春時代」を過ごした宮嶋であったが、その間に自らの乾いた心を「慰安」し潤してくれる「文学」への関心を強めて行った。『裸像彫刻』、「転々三十年」、最後の著作となった自伝の『遍歴』に基づいて、宮嶋の「文学歴＝読書歴」を記すと、以下のようになる。

これらの「自伝」の中に最初に名前の出てくる作家は、尾崎紅葉と幸田露伴である。宮嶋が三越呉服店の丁稚小僧をしていた時のことであった。しかしそれ以前の文学へ傾斜していく「孤独」な自分の心情について、宮嶋は次のように綴っていた。

> 少し位のつらい事があつても、月に一度の公休日と朝二時間の自由な散歩と、夜の読書が私の心を慰めてくれたからである。けれどもそれと同時に、この自分の性格に少しもそぐはない店の生活と、自分の前途に向つて進む道が自分にもまだはつきりしない事が私の心を苦しめた。然しそれは、母に向つて嘆いたり訴へたりする事柄でもなく、たゞ自分自身で何とか決定しなければならない事なので、私は之れを書物に向つて求めて行つたのであつた。その頃に私は一番多く、偉人の伝記とか立志伝などを読み耽つた。それからまた遊学案内などゝ云ふものまで読んでみては、自分を何ういふ方面に育てたら好いのかを考へたのであつた。然しさうして手探りで、暗い道を進んで行くような真似をしてゐる中にも、私は矢張り、小説を主として何か知ら文学物にばかりだん〴〵自分の心を引かれて行くようになつてしまつてゐた。（傍点引用者『裸像彫刻』「第五章」）

そんな宮嶋の「文学熱」に拍車をかけたのが、三越呉服店内では「出世」の見込みのない「綿部」へ移動したことであった。

綿部へ入つてから三月ほどの間に、私の志望はだん〴〵に文学の方へ固まつて行つた。いつどんな本を読んで、どんな時にぴたりと形ち《(ママ)》を成したと云ふのでもないが、いつとも知れないその短時日の間に、私はもうすつかりとその方に進むべく、自分の志しを決めてしまつてゐたのであつた。その頃私は休暇の度毎に、義兄（水彩画家の木下藤次郎——引用者注）の家に行つて二階の書棚にある本をむやみに引きづり出しては耽読した。そして帰りに必ず何冊かの本を借りて来た。兄の家には私の読むのにふさわしい色々な本があつた。武蔵屋本の近松物も揃へてあれば、帝国文庫もそろつてゐた。古い太陽の合本で、オセロを読むことも出来れば、スタンレーの探検記のあつた何とか叢書でトルストイの小説も読んだ。判つても判らなくても私はたゞ読みたいまゝに無暗に読んだ。（同）

宮嶋のこの時期の読書がいかに多彩であったか、それは記載されている「武蔵屋本の近松物」——明治一四・一五年に、当時近世文学の翻刻に熱心だった丸善が刊行した『近松著作全書』第一巻・第二巻のこと——や、「帝国文庫」——一八九三・明治二六年〜一八九七・明治三〇年に博文館から刊行された文学叢書、全五〇冊。「軍書」とか「人情本」、「黄表紙」、「洒落本」などの大衆文芸が中心だった——から、シェークスピア（「オセロ」）、トルストイまでを見れば、歴然とする。

何としてでも「文学」に関わることで身を立てたいと思う強い気持ちがあり、また何とかして「丁稚小僧」という底辺労働から抜け出したいという気持ちもあって、宮嶋を引用のような「乱読」に向かわせたのだろう。

幸田露伴と尾崎紅葉については、「文壇では矢張り紅葉や露伴が一番盛名を馳せてゐた」(『裸像彫刻』)と宮嶋が書いていたように、宮嶋が三越呉服店の小僧をしていた頃(一九〇〇・明治三三年からその翌年の夏頃までの約二年間)は、明治二〇年代に一世を風靡した「紅露時代」の最盛期は過ぎていたとは言え、絶大な人気を博した尾崎紅葉の『金色夜叉』は読売新聞に連載中(一八九七・明治三〇年一月一日〜一九〇二・明治三五年五月一一日)で、「作家」と言えば、尾崎紅葉、幸田露伴が第一に挙げられる状況にあった。宮嶋のような「文学青年」の憧れの的が紅葉であり露伴であったのは、その意味で何ら不思議なことではなかったということである。

宮嶋が、先に記した『裸像彫刻』などの自伝で名前を挙げた作家・思想家(物書き)は、他に田山花袋、斎藤緑雨、堺利彦(枯川)、内田魯庵、高山樗牛、田岡嶺雲、島崎藤村、中村正直、大西祝、ショーペン・ハウエル、等であるが、宮嶋が「本気」で作家＝文学者になりたいと思っていたのは、三越呉服店時代であったと言うことができる。それは、幸田露伴に「弟子入り」志願の手紙を出し、その返事を求めて幸田露伴宅を訪問したことからもわかるだろう。宮嶋は、三越呉服店の公休日を利用して露伴宅を訪れた時のことを『裸像彫刻』に詳しく書いている。露伴宅で宮嶋は「書いたものがあれば見せて欲しい」と言われ、「いゝえまだ、とてもそんな」と答えると、露伴は次のようなことを言ったというのである。

『いや、さうかね、そんなら好いのだよ。然し君ね、小説を書くようになる為めにも、矢張り色々の事を知らなければならない。たゞその文学的の才能があると云ふばかりでは、決して好い文章が出来るものではないのだ。だから学問もしなければならないし、また世の中の事を色々と知つてゐなければならない。つまり、一本の矢があつて、それが文学的の才能としたところで、それには矢張り好い羽根をつけなければ、真直に狙つたとこへは飛んで行かない。学問や世間の知識が即ちその羽根だ。だから君が今さうして呉服屋の小僧をしてゐるならば、その小僧をしながらでも勉強をする事も出来るし、また世間のこともよく判るようになる。人間と云ふものは、一つ事をするにも何でも知つてゐなければならないものだ――。（中略）

さうやつて勉強して、何か書き初めてから私に見ろといふならいつでも見てあげる。だからまあ、今のうちは小僧でも何でも好いから、ただ文学者になる為めの勉強だと思つて一生懸命に勉強するが好い。』（同）

この時、宮嶋は数え一六歳、露伴自身も家庭の都合で学校を転々とし、苦労して逓信省官立電信修技学校を卒業した後、北海道余市へ電信技士として赴任し、その後文学者として有名になった。そういう者にしてみれば、海のものとも山のものとも分からない少年を「内弟子」として引き受けることなどできなかったのだろう。
「それではその中《うち》、何か書いたら見ていたゞきたいと思ひますから、その節は是非お願ひします」と言って露伴の元を辞した宮嶋が、本格的に「文学」の道を歩むようになる為には、一九一四（大正三）年の雑誌「近代思想」との出会いまで待たなければならなかった。

〈４〉「近代思想」（無政府主義思想）との出会い

宮嶋が「近代思想」を知るのは二八歳の時であったが、そのころまでに砂糖問屋の小僧からメリヤス工場の工員、鉱山の事務員、相場師、ボイラーマン、等々の職を転々とし、その精神は「絶望」にも徹し切れないさまよえる魂は、僅かにあえぐ力しか持たない。光を見れば眼が痛み清浄なものに接すれば、身体のすくむ存在である。亡者であり餓鬼である」（「鬼権・鉱山・流転・絶望」『遍歴』）のような状態にあった。そんな「絶望」にも徹しきれない状態から何とかして脱出しようと、宮嶋は古くからの友人である宮田修が始めた「哲学の会」に参加するようになる。そして、定職を持たずふらふらしていた宮嶋は、宮田から「古本屋を始めたらどうか」と言われ、「いきなり一軒の店を持つことは出来ないから、先づ露店である」と思い、当時住んでいた近所の神楽坂に下検分に出かける。そこで「近代思想」に出会うのである。

店を出すならば、自分の住んでゐる近くの神楽坂が好いと思つて、下検分に出かけて行つた。

すると多くの露店の中で、灯りもつけず、後ろの電柱の電気を利用してゐるみすぼらしい店があつた。そして学生風の男が座つてゐた。私も何か心ひかれて、その前にしゃがんで見ると『近代思想』があつた。三十二頁ほどの薄ぺらなものであったが、それに大杉栄や荒畑寒村の名を見出した。幸徳一派が大逆罪の名によつて処刑されたのは三四年前の事だつた。

（中略）

私は以前東西社にゐた頃も、社会主義に心を引かれた。宮田さんの弟の暢氏が早稲田を中途でやめて、同氏の所で雑誌『火鞭』の編輯をしてゐたのである。山口孤剣、安成貞雄、白柳秀湖などもそこに集つてゐた。（中略）早稲田では相馬御風が七死刑囚を翻訳して、大逆事件に呼応してゐた。が、あれ以来、見ることのなかった大杉、荒畑を発見してすぐそれを買つた。

その時、ほかの文芸倶楽部や何かもつと厚い雑誌が四銭かそれ以下なのに、薄ぺらな近代思想が四銭は高いぢやないか、といふと露店の男は「近代思想です」ときつぱり云つた。私は大変気持ちがよかつた。（「大杉等の無政府主義に共鳴す」『遍歴』）

その後、宮嶋はこの時買った「近代思想」で「西大久保の大杉の家で毎週一回、サンジカリズム研究会が開かれてゐることを知つて出かけて行」くことになるのだが、一九一二（大正元）年一〇月一日発行の創刊号（第一巻第一号）から一九一五（大正三）年九月一日発行の廃刊号（第二巻第一一・一二号）までの全二三冊の記事を調べると、「サンジカリズム研究会」のことが出てくるのは、「七月二二日」の日付のある第一巻第一一号（一九一三・大正二年八月一日発行の八月号）の「荒畑と僕と奮起して、本月の始めからサンジカリズムの研究会を始めた。もう二回会合をしたが、毎月二回づゝ、二人で講演をやる筈だ」の他、翌月の第一巻第一二号、第二巻第五号の「大久保より」である。なお、サンジカリズムについては、本章末尾で説明する。
　宮嶋は、「私はその雑誌によつて、西大久保の大杉の家で毎週一回、サンジカリズム研究会が開かれてゐることを知つて出かけて行」き、そこで編輯兼発行人の大杉栄や印刷人の荒畑寒村ら無政府主義（アナーキズム）を信奉する文学者や思想家と近しくなる。無政府主義者・社会主義者との交友は、裡にもやもやしたものを抱え、「絶望」的な思いを抱き続けてきた宮嶋に確かな「生きる＝進むべき方向」を与えてくれたと考えられる。中でも「近代思想」に「本能と創造」（創刊号）や「征服の事実」（第一巻第九号）、「生の拡充」（第一巻第一〇号）、「生の創造」（第二巻第四号）など、社会の体制に叛逆してもなお、いかに自我意識やおのれの思想、信条（哲学）を鍛えることが大切かを高らかに訴え続けていた大杉栄であり、創刊号に短編『怠惰者』を発表したのを皮切りに、『艦底』（第一巻第三号）、『改宗』（同第五号）、『冬』（第二巻第四号）などの「社会主義小説」の佳品を発表し続けていた荒畑寒村には大いに惹かれたようである。

　こゝに於てか、生が生きて行く為めにはかの征服の事実に対する憎悪が生ぜねばならぬ。憎悪が更に反逆を生ぜねばならぬ。人の上に人の権威を戴かない。自我が自我を主宰する、自由生活の要求が起らねばならぬ。果たして少数者の間に殊に被征服者中の少数者の間に、この感情と、この思想と、この意志とが起つて来た。（中略）
そして生の拡充の中に生の至上の美を見る僕は、この反逆とこの破壊との中にのみ、今日生の至上の美を見る。征服の事実がその頂上に達した今日に於ては、諧調はもはや美ではない。美はたゞ乱調に在る。諧調は偽りである。真はたゞ乱調に在る。
今や生の拡充はたゞ反逆によつてのみ達せられる。新生活の創造、新社会の創造はたゞ反逆によるのみである。（大杉栄「生の拡充」）

大杉が宮嶋の『坑夫』に寄せた「序」——「近代思想」の復活第四号（一九一六・大正五年一月一日）に、宮嶋の職業遍歴を記した部分を略して、同じ文章が掲載されている。『坑夫』は宮嶋の友人が制作費を出してくれたことで出版が可能になった「半」自費出版と言っていい本であったことは先述のとおりであるが、堺利彦と大杉栄が「序」を寄せていることを考えると、大杉らの近代思想社や当時の社会主義者・無政府主義者から相当期待を寄せられていたことが判る——において、『坑夫』は「強烈な生活本能と叛逆本能とを発揮」したものだと評したのも、まさにこの小説の「美」が「乱調に在る」と読み取ったからであったろう。
なお、余談的に書いておけば、齢九〇を超えてもなお健筆ぶりを示している瀬戸内寂聴に、先の引用「生の拡充」にある「美はたゞ乱調に在る」を小説のタイトルにした、後に大杉栄の妻となる伊藤野枝の評伝『美は乱調にあり』（一九六六年　文藝春秋刊）と、その続編で大杉を巡る伊藤野枝、堀保子、神近市子との関係や「近代思想」に集う人々の姿を描いた『諧調は偽りなり』（上下一九八四年　同）がある。しかし、後者には参考文献として『坑夫』をはじめ『遍歴』、『裸像彫刻』などの宮嶋の作品がいくつか挙げられているにもかかわらず、大杉や伊藤野枝らと宮嶋との関係については、「年譜」に照らし合わせて「間違い」と思われる個所が何か所も（百数十ヶ所）ある。「大河評伝長編」と名打っている以上、各種の資料を突き合わせて確定された「履歴＝事実」は尊重されなければならないのではないか、と『諧調は偽りなり』を読んでつくづくそのように思った。

ところで、「半」自費出版とは言え、近代思想社から処女作の『坑夫』を出版した宮嶋であるが、「序」を寄せた大杉に「二三ヶ月前、僕が始めて此の『坑夫』の原稿を読んだ時、僕は其の夜中強い亢奮に襲はれていろ〳〵なことを考へてゐる間に、其の亢奮がゴリキィの多くの作物を読んだ時のそれと同一であつた事を思ひ浮んだ」と書かせるような小説の方法や内容（思想）を、彼はどこで学んだのだろうか。

すでに指摘してきたように、職業を転々としている間も、宮嶋は幸田露伴に弟子入りを志願する程に、「文学」にある種の「救い」――窮状からの脱出――を求めてきた。その結果、「近代思想」と出会うわけだが、『坑夫』の内容や作風を見ると、『遍歴』などに書かれている露店の古本屋で手にした「近代思想」の「大久保より」に書かれていたサンジカリズム研究会への参加や大杉らの無政府主義思想への共感という理由の他に、「近代思想」に掲載されていた荒畑寒村の『怠惰者』（創刊号）や『鑑底』（第三号）などの「社会主義小説」に刺激を受けて、『坑夫』は成ったのではないかという推測も可能にする。劣悪な労働現場で働く最底辺の病気持ちの労働者を主人公にした『艦底』などの作品は、先に記したように砂糖問屋の小僧を皮切りに羅紗屋、三井呉服店の小僧、メリヤス工場の職工、砲兵工廠の職工、ボイラーマン、高利貸の手代、鉱山の事務員、等々を転々としてきた宮嶋の感性と社会観（世界観）と共感するものだった、と思われるからである。

因みに、荒畑寒村は、『坑夫』の刊行（即発禁）から一一年後の一九二七（昭和二）年、「新潮」二月号に「社会主義者と文芸」というプロレタリア文学成立史について書き、その中で「近代思想」に集う面々は「芸術は卑怯者の匿《かく》れ家《が》だ、吾々には只だ実行あるのみだ」と考えていたとした上で、『坑夫』について次のように書いていた。

その後、『近代思想』の同人であつた宮島資夫君が発表した処女作、「坑夫」の一篇は以上の如き主張との関係から見て、頗《すこ》ぶる興味と意義とに富める内容を有してゐた。「坑夫」は無自覚なる、盲目的なる、一個の叛逆的精神を描いたものである。それは弱者の無気力、卑屈、忍従、刻苦に憤慨しながらも、その叛逆的精神のやり場を知らざる強烈な個性の自然観が理由を解する能《あた》はない不平焦燥に心身を苛《さい》なまれて、悲劇的な最期を遂ぐると云ふ筋であつた。個人主義的色彩の強い作で、また複雑にして威圧的な社会制度の勢力に抗して、盲目的に戦ふ個人の無力が、全篇に絶望的な哀調を帯ばしめてゐた。

そして、「宮島君の作意は固より『近代思想』の主張に基づいたものではなかつたらうが、然し文芸に対する無産階級的見解、及び無産階級独自の文芸理論の欠如が私たちの主張を不徹底なものたらしめた如く、それは亦、「坑夫」の内容をして個人主義的な、盲目的な、絶望的でさへもある叛逆的精神の描写以上に、出でしめ得なかつた所以であろう」と締めくくった。なお、ここで繰り返し「注記」しておけば、「近代思想」に近づき文章を公に発表するようになって以降、著者名（ペン・ネーム）は「宮嶋資夫」と「宮島資夫」の両方がアトランダムに使われてきた。また、得度して僧籍を得てからは「宮嶋蓬州」や「蓬州宮嶋資夫」を使うことが多くなったということである。

ところで、後に詳説するが、以上のような荒畑寒村の『坑夫』評は、宮嶋が『坑夫』の後、『恨なき殺人』（一九二〇年）、『犬の死まで』（一九二二年）、『裸像彫刻』（同）、『流転』（一九二三年）、『憎しみの後に』（一九二四年）、『黄金地獄』（同）、『金』（一九二六年）などを次々と刊行し、毎月何本もの小説やエッセイ・評論を書く「流行作家」の仲間入りを果たした後のもので、いくらか割引いて読まなければならない。とは言え、元々「文学」志向の強かった荒畑に処女作『坑夫』が先に引用したような「高い評価」を受けていたことは、大いに宮嶋の励みになったのではないか、と思われる。

なお、宮嶋が「近代思想」と出会ってから後の大杉や荒畑たちとの関係であるが、宮嶋は「近代思想」を知る前後に、宮田修の「哲学の会」に来ていた「婦人評論」（一九一二・大正元年　万朝報社発行、後一九一三年四月から婦人評論社からの発行となる）の記者八木麗子（ウラ子）と恋愛の末に、一九一四（大正三）年一一月に結婚し、夫婦二人で「近代思想」との関係を深めて行くということがあった。具体的には、「文芸・思想を論じる非時事的雑誌」であった「近代思想」を二年間発行した後に、「労働運動を開始する準備として新しく時事問題を論じる新聞を出す」（荒畑寒村『『近代思想』と『新社会』』「思想」一九六三年一〇月号）との強い思いで刊行した「平民新聞」（一九一四・大正三年一〇月一五日創刊）が、四号を除いて創刊号から六号まで発禁処分を受けたことから、宮嶋はその後継紙として刊行されたリーフレット「労働者」（一九一五・大正四年五月創刊、翌月二号で廃刊）の編輯兼発行人になっている。

宮嶋が「労働者」の編輯兼発行人になったのは、大杉や荒畑が当局から「大逆事件」の中心人物と見なされていた幸徳秋水らが創刊した「日刊平民新聞」と同じタイトルの新聞を発行したことから、それまで以上に当局に「要注意人物」として厳しく監視されており、反体制（革命）運動・労働運動では「新人」だったから、と思われる。もちろん、様々な下層労働に従事し、その間に多くの思想・哲学・文学関係の書物を読んできた宮嶋が、大杉たちとの交友によって急速に「サンジカリズム（無政府主義思想）」を我が歩む道の指針とするようになっていた、ということもあったろう。そうでなければ、「平民新聞」、「労働者」が相次ぐ当局の取り締まり（発売禁止処置）を受けて、原点に帰る意味もあって「平民新聞」の廃刊後半年で「近代思想」を復刊した時、宮嶋が発行人になるということもなく、大杉たちからの信頼を得ることもなかったのではないか、と思われる。一九一五（大正四）年一〇月七日発行の復刊第一号の「近代思想」巻末に「復活号」と題する文章を寄せた大杉栄は、宮嶋夫妻について次のように書いていた。

寒村と僕とがやつてゐた平民講演会は、貸席の方を警察からの干渉でことわられたので、遂に小石川区水道町の旧水彩画研究所（宮嶋の早逝した義兄木下藤次郎が経営していた――引用者注）を借り切る事にした。そして其処を『平民倶楽部』と名づけて、宮嶋資夫君夫婦に住んで貰つた。これは随分大きな家なので、何れは図書館も設け、其他いろ〳〵と労働者の倶楽部的組織をつくる考へであつたのだが、これ亦家主と地主からの苦情で、遂に移転の止むなきに至つた。で、其近所に家を借りて、其処に僕一家が住み、講演会も其処でやり、そして宮嶋君は『近代思想』の発行人として郡部の調布に移転した。これで平民倶楽部の企ても当分思ひとまつた。奥付にある宮嶋信泰と云ふのは資夫君と同一人物であり、麗子君と云ふのは同君の細君である。

これを見ただけでも、その頃は宮嶋が近代思想社の重要人物になっていたことがわかるだろう。

因みに、「復活」第一号に宮嶋は「職業病」と題する文章を寄せ、石工や洗濯業者、化学職工、ペンキ職工、屠殺業者、マッチ工場の職工らが長期間同じ労働に携わることで皆が酷い「職業病」に罹ってしまっている現実を、『激情』の人とは思えない冷静な筆致でルポしている。様々な下層労働に従事してきた宮嶋ならではのルポである。同じ「復活」第一号には、宮嶋夫人の麗子が自分の経験（この年、麗子は長男を出産している）を踏まえて、平塚らいちょうらの「青鞜」で議論されてきた「避妊堕胎問題」について、「避妊と堕胎」と題するエッセイを寄せている。

なお、宮嶋は「復活」第三号（一九一五年一一月）に「労働者の傷害」を、第四号（一九一六年一月）に「労働者の友に與ふ」と「新刊紹介　ドストエフスキー、広津和郎訳『貧しき人々』」を、また麗子は「母親の悲哀」（感想）を載せている。更に言えば、「復活」した「近代思想」には以上のような宮嶋及び妻麗子の文章を載せると同時に、宮嶋の処女作である『坑夫』の広告が三号、四号に一頁を使って載っているが、それは宮嶋夫妻が大杉や荒畑ら近代思想社の同人たちから大きな信頼と期待を得ていたからと思われる。あるいは、このような「近代思想」への夫婦の露出は、結婚し子供も設け「堅実な生活」を送っていた宮嶋夫妻による、「近代思想」グループ（無政府主義・サンジカリズム）のこれからを担っていく決意の現れであった、と言えるかもしれない。宮嶋の「予の見たる大杉事件の真相」（一九一七・大正六年一月「新社会」）や「大杉栄論」（一九二一・大正一〇年四月「解放」）などを読むと、大杉や荒畑がいかに宮嶋夫妻を頼っていたかが窺い知れる。

ところで、「近代思想」やアナーキズム運動と宮嶋の恋愛――結婚生活との関係についてであるが、宮嶋自身はその「経過」に関して淡々と『遍歴』などで記しているが宮嶋が麗子夫人と出会ったことでいかに「救われた」か、言い換えれば「死の恐怖」を克服したかについては、宮嶋が家庭を「捨て」京都嵯峨野の天龍寺の門を叩いたことからも知れるだろう。
なお、最後に書いておきたいのは、宮嶋の大杉栄や荒畑寒村から影響を受けた「アナルコ・サンジカリズム」思想、つまりアナーキズム思想とはどのようなものであったか、ということである。現代日本思想体系一六『アナーキズム』（一九六三年　筑摩書房刊）の編著者松田道雄の「日本のアナーキズム」によれば、「アナーキズム」とは以下のような思想であるという。

社会主義のなかの、この権力否定の潮流がアナーキズムである。
アナーキズムの権力の否定は、もともと人間の個人の尊厳の思想である。同じ人間でありながら、勤労する労働者が、窮乏のなかに生きねばならぬことを人間性への侮辱とみたのである。人間はこの屈辱から解放されねばならない。そのためには人間に、この屈辱を強いている権力を排除しなければならない。人間尊重はアナーキズムをつらぬく赤い糸である。アナーキストたちの人間尊重は、また人間信頼であった。

また、「アナルコ・サンジカリズム」思想とは、労働組合運動を通じて「反権力」のアナーキズム思想を社会全体に押し広げていくという考えで、大杉栄ら「近代思想」グループが開催していた「アナルコ・サンジカリズム研究会」は、アナーキズム運動の隠れ蓑的役割を果たしていた、と言うこともできる。

第3章

作家宮嶋資夫

〈1〉「体験」を言葉に、作家として再出発

復活した「近代思想」で重要な役割を担うようになった宮嶋は、「近代思想」の廃刊と同時に「へちまの花」を改題して創刊された「新社会」――この月刊誌は、『坑夫』に序文を寄せてくれた堺利彦（枯川）の売文社が発行していた社会主義思想を喧伝するための雑誌――に、寄稿するようになる。そこでの最初の文章は、第三巻第一号（一九一六・大正五年九月）の馬場孤蝶、荒畑寒村、土岐哀果らが寄稿した「流行文芸に心酔する現代青年の心理」と題する特集に、「一種の手淫に過ぎない」という「自己満足」と「娯楽」のことしか考えていない最近流行の小説を批判したものである。因みに、妻の麗子も「流行が引きずつて行くやうに」と題するエッセイを寄稿している。

二つ目は、「予の観たる大杉事件の真相」と題して、一九一七・大正六年一月発行の第三巻第五号に寄せたものである。この文章は、世に言う「葉山日蔭茶屋事件」――これは、堀保子という妻

がありながら、辻潤の妻だった伊藤野枝と恋仲になると同時に、長崎から上京して東京日日新聞の記者になっていた才媛の神近市子とも恋愛関係にあった大杉が、一九一六（大正五）年一一月九日、伊藤野枝と泊っていた葉山の日蔭茶屋で神近に刺されるという、前代未聞の事件である――についで、大杉はもちろん堀保子、伊藤野枝、神近市子を身近でよく知っていた宮嶋が、自分はこれが「真相」だと思うことを書いたものである。日頃から「それぞれが経済的に自立し、同棲せず別居し、お互いの自由を完全に尊重する」という独自の自由恋愛論を唱え実践していた大杉が、恋人の神近市子に刺されたこの事件は、労働運動・反体制（革命）運動に冷水を浴びせる出来事であったが、流転（職業遍歴）の末に八木麗子と結婚し、「自己救済」の思いを強くしていた宮嶋にしてみれば夫婦で反体制運動の側に身を置くようになっていたということもあり、到底許せることではなく、自分たちだけでなく労働運動・反体制運動全体への「裏切り」と考えたのではないか、と思われるような文章である。

宮嶋が大杉の起こした「葉山日蔭茶屋事件」についていかに「怒って」いたか、そしてどうしてもその「怒り」を世間に知らしめないわけにはいかないといった「使命感」を持っていたか、それは「予の観たる大杉事件の真相」に付された次のような編輯者による「前書き」を読めば歴然とする。

此一篇は読者諸君と吾々とが大杉君の事件に就ての判断の資料といふ訳で、特に宮島君の御要求によつて掲載いたします。勿論之は宮島君の見られた『事件の真相』で、之に謬があるか無いか、又此中に加へられた評論が当つて居るか当つて居ないか、固より編輯者は与《あずか》り知りませぬ。従つて今後、或は之と全く異つた立場、若くは之に反した立場から見た観察を掲げぬとも限りませぬ。兎に角、本篇についても、今後のものについても、編輯者は単に発表の機会を提供するだけで、其観察に裏付けして読者に差出す意味で無い事を御断りして置きます。――編輯者――

大杉と長い間「盟友」関係にあった堺利彦（編輯者）の「苦渋」が如実に伝わってくる「前書き」であるが、宮嶋が「葉山日蔭茶屋事件」をきっかけに大杉たちと離れて行くようになるのも、自身が大杉の「自由恋愛論」とは違った恋愛観を持っていたからに他ならなかった。宮嶋は、「三角関係の破綻・日蔭茶屋事件以後の大杉」（『遍歴』）の中で、「恋愛の持つ社会的意義は重大である、が恋愛は恋愛したものによつてのみ、苦悩、悦楽、環境との摩擦、等を感じ得るのである」とした後、自らの恋愛観を次のように披歴している。

然し、社会をして、しかく認識せしめるためには、恋愛するものが、本当に燃焼し、純粋に生き抜くことが、何よりも大切な原動力であると私は信ずるのだ。近松の心中の主人公たちは、社会的な自覚を持つてゐない。そして封建時代の制度のために束縛され、圧迫された結果、彼等は恋愛に生きんがために死を選んだのである。そしてこの事こそ、社会に対する重大な抗議であつたのである。封建的勢力の圧力は、変革を嫌つてゆるめられたことはなかつたが、彼等の行為が暗々の中に人心に与へた影響は偉大なるものだと、私は信ずるのである。

ただ純粋に生き抜いたことだけが尊かつたのだ。純粋に生き抜くこと、それが社会的にどんな影響をあたへるか、本人は自覚せずとも何等かの影響を与へなければおかない筈である。我々は純粋に生き抜きたいと欲願する。が、純粋に生き抜くことは中々困難である。ゴルキーの作『三人』の主人公イリヤ・ルネフも、そのために遂に壁に頭をぶつけて最後をとげてしまつた。我々は、彼の死によつて社会的な不合理を痛感させられ、そこに革命思想も生れてくる。

が、幾度か繰り返して云ふ如く、恋愛はそのために成立するものではないのである。それを恰も、社会的不合理を、破壊し、変革し、建設せんがために彼等の恋愛が成立したのだ、といふ風に主張されると、我々も少し面食つたのである。（「三角関係の破綻・日蔭茶屋事件以後の大杉」）

繰り返すが、このような宮嶋の恋愛観が大杉の「自由恋愛論」と相容れないことは明白であった。そして、宮嶋は恋愛観の相違をきっかけに大杉から離れて行くのだが、この大杉との別離は宮嶋をして労働運動・社会運動の実践から遠ざける遠因ともなった。発禁となりながら相当数が流布した『坑夫』の評判が良かったということもあって、宮嶋は「新日本」の一九一七（大正六）年九月号には、『坑夫』と同じ鉱山を舞台に「池田」という鉱山事務所の事務員を語り手として、理不尽な死を迎えることになる坑夫の生活を綴った中編の『恨なき殺人』を発表する。しかし、それで一挙に作家への道を選んだかというと、その決断は先送りにして、『恨なき殺人』を発表した翌一九一八（大正七）年には、昔の相場師仲間に誘われ再び相場に手を出し、儲けた金で遊蕩生活を送る、という試行錯誤の日々を過ごす。

『恨なき殺人』の発表から約一年間に及ぶ「放蕩」生活は、大杉との別れがいかに宮嶋の心に影を落としていたかを物語っていた。というのも、一九一九（大正八）年一二月に比叡山に籠るアナーキスト（虚無主義者）辻潤・竹林夢想庵を訪ね、その翌年の一月からは妻子とともに比叡山生活を送るようになるのは、大杉との別れによって乱れた（狂った）生活と精神の「再建」を意図したものだったと思われるからである。比叡山生活について綴った「山上より」（一九二〇・大正九年三月一日〜五日「東京日日新聞」『第四階級の文学』所収）の「第四信」の中で、宮嶋は比叡山生活について次のように書いていた。

美しく空の晴れた夕に、宿院の庭に立つて琵琶湖から遠く瀬田の方まで、また対岸の平野から、伊賀大和の雪を頂いた連山まで、茜色の夕陽に染められたのを見てゐると、社会問題も労働問題も夢のやうに、遠い昔の事とさへ思はれる。私はいま凡ゆる雑誌の上で論じられてゐるやうな、血の気の薄い常識論には少しも感心した事はない。況んやそれが流行を追ひ御調子に乗つて煽つたこの議論等に至つては、唾棄したくなるほどであつた。

　また、家族を連れての比叡山生活に入る前の心境について、組織的プロレタリア文学運動の最初期の核となった「種蒔く人」（東京版）の創刊号（一九二一・大正一〇年一〇月）に載せた「比叡の雪」で、次のように吐露している。

> 私の多くの友人は、世界に燃え上つた全人類の生命の恢復の為めに、各人の物を各人に返せと勇敢に叫んで働いてゐる。それでない人達も、或ひは芸術の為めに思想の為めに、勇敢に闘つてゐる。私は夫れ等の運動を心から拒否するのであらうかと自分の心に尋ねる時、「否」と私の心は答へるのだ。それなのに、何故に私は夫れ等の運動に端的に飛び込めないのか、殊に四五年前までは、たゞその事の為めにこそ、自分の生命を喜んで捧げようと信じてゐた運動に。（中略）
> 　それなのに此頃の私は、時々に堪へ難い寂寥に襲はれる。淋しさの余りと云はうか、苦しまぎれか、生活の力を失つたのか、時々に唐突として死を欲するやうな気になるのである。或る時私は船の上から、青黒い水の流れを見つめてゐて、引き入れられるやうに、ふら〱と立ち上つた事もあつた。又た或る時は、何と云ふ事もなく、刃で頸動脈を裁ち切つて、一気に息の絶える快さを想像して楽んだ事もあつた。適量のモルヒネを口にして、昏々と眠るやうに死に就く事も、私の心を楽しくした。（傍点引用者）

このような「死＝自殺願望」から宮嶋を救ってくれたもの、それは「文学＝書くこと」であった。

比叡山で春を迎えた宮嶋は、「雪が溶けて大地が肌を露はし」（『遍歴』）、その大地から燃え出てくるワラビや土筆《つくし》、水ブキ、筍《タケノコ》、山椒の芽、タラの芽などを家族で食するうち、「貧しかつたが、私はだんだん希望を持つようになり、井沢（前に神近市子に紹介された東京日日新聞の記者――引用者注）が心配してくれる、新聞の小説も遂に書いた。『憎しみの後に』であつた」（同　ただし、この『遍歴』の記述は宮嶋の記憶違いと思われ、比叡山生活の間に書き「東京日日新聞」に四七回連載した長編は、『憎しみの後に』ではなく、『犬の死まで』である）、と心境を変化させる。

　また、この「心境変化」には、かつてのような無政府主義思想を基底とする社会運動・労働運動への復帰も含まれていた。比叡山へ、かつての運動仲間であった吉田一などが訪ねてきて、新しい運動を巻き起こそうと画策するというようなことがあったりして、宮嶋も比叡山での「隠遁」生活に何か足らないものを感じていたからである。宮嶋が比叡山から下山した翌年の四月に嘗ての運動仲間である高尾平兵衛、和田軌一郎、吉田一、後藤謙太郎らと『労働者』（一九二一・大正一〇年四月一五日号から翌年五月二〇日号まで全一〇号）という新聞（リーフレット）を出したのも、一二月には有島武郎、藤森成吉、秋田雨雀らと大阪に行き「露国飢餓救済募集」の講演会で演説したのも、社会運動や労働運動に身を投じることによって自分が抱えていた「憂鬱」あるいは「死の誘惑」が解消されるかもしれないと思ったからであったろう。

　ただ、一九二〇（大正九）年一月から九月までの家族を連れての比叡山生活で得られた宮嶋の、本格的に作家として再出発しようという「心境変化」は、年譜を見る限り、比叡山に入山した時（一九二〇・大正九年一月）に、もう決まっていたのではないか、とも考えられる。というのも、この年の一月に『母と子』（「新時代」）、三月に前記した「山上より」、六月に『雪の夜』（「新時代」）を、また同じ月に聚英閣から社会文藝叢書の第四巻として発禁となった『坑夫』と一九一七（大正六）年九月に「新日本」に発表した『恨なき殺人』を収録した『恨なき殺人』を刊行しているからである。要は、創作や運動の現場（文壇や労働・革命運動の実際）に復帰しようという宮嶋の「決意」だけあればよかったのではなかったか、と思われる。

しかし、これは第一章で指摘したことだが、作家としての本格的な（決意した）活動は、宮嶋が比叡山生活の間に書き継いだ『犬の死まで』の「東京日日新聞」での連載が終わった一九二一（大正一〇年）三月一五日以後、と考える方が自然なのではないか、ということもある。

〈2〉その文学的特徴

宮嶋の、『坑夫』の「半」自費出版（一九一五・大正五年）から始まり、『流浪者の手記（一）』（一九三〇・昭和五年二月「矛盾」）で終わる足掛け一五年間の決して長くない宮嶋の創作活動――その詳細については巻末の「年譜（著作目録）」を見ていただくとして――を見渡すと、いかに宮嶋が息せき切るように「大正文壇」、別な言い方をすれば労働文学・プロレタリア文学の世界を駆け抜けていったかがわかる。

宮嶋の創作活動を単行本の刊行だけで見ていくと、発禁となった『坑夫』を含む『恨なき殺人』

（中短編集　一九二二・大正九年七月）の刊行を皮切りに、『第四階級の文学』（評論　一九二二・大正一一年三月）、『社会講談　国定忠治』（同年三月）、『犬の死まで』（短編集　同年五月）、『裸像彫刻（宮嶋資夫自叙伝Ⅰ）』（同年一一月）、『流転（新進作家叢書）』（短編集　一九二三・大正一二年一〇月）、『黄金地獄』（一九二四・大正一三年五月）、『憎しみの後に』（中短編集　同年七月）、『金』（長編　一九二六・大正一五年四月）、『新興文学全集（第三巻）』（江口渙とで一巻　一九二八・昭和三年七月）、『仏門に入りて』（エッセイ集　一九三〇・昭和五年一二月）――この書は表題を見ると宮嶋が「仏門（禅寺）」に入った後の文章を集めたものと思われるかもしれないが、冒頭に置かれた「僧形となるまで」や「何故仏門に帰依したか」を除いて、その大部分が禅寺に入る前に書いた文学的エッセイである――の、計一一冊になる。

一五年間に一一冊の単行本刊行が多いか少ないか、例えば田山花袋の『蒲団』（一九〇七・明治四〇年）と共に自然主義文学の開始を告げたと言われる『破戒』（一九〇六・明治三九年）の刊行によって、のちに「文豪」と言われるまでになった島崎藤村の宮嶋と同時代の単行本刊行数と比べてみると、『破戒』に次いで『春』（一九〇八・明治四一年）、『新片町より』（エッセイ集　一九〇九・明治四二年）、『藤村集』（短編集　同年）、『家』（一九一〇・明治四三年）、『食後』（同　一九一二・明治四五年）、『桜の実の熟する時』（一九一八・大正七年）、『新生』（同年）、『飯倉だより』（エッセイ集　一九二九・大正一一年）、『春を待ちつつ』（同　一九二五・大正一四年）、『嵐』（短編集　一九二七・昭和二年）の計一二冊となり、意外と少ない。

あるいは、「大正文壇」の中核を担った「白樺派」の、例えば後に「小説の神様」と称されるような作家になった志賀直哉についてみると、『留女』（第一創作集　一九一三・大正二年）を皮切りに、『大津順吉』（一九一七・大正六年）、『夜の光』（短編集　一九一八・大正七年）、『或る朝』（同）、『和解』（一九一九・大正八年）、『荒絹』（短編集　一九二一・大正一〇年）、『寿々』（同　一九二二・大正一一年）、『暗夜行路（前編）』（同）、『百鶴』（志賀直哉短編選集　一九二四・大正一三年）、『志賀直哉集』（現代小説全集　一九二六・大正一五年）、『網走まで』（短編集　同）、『志賀直哉集』（現代日本文学全集第二五巻　一九二八・昭和三年）の計一三冊で、思ったほど多くない。

また、志賀直哉と同じ「白樺派」の作家で、宮嶋の自伝『遍歴』等にも時々登場した有島武郎の場合、一九二三（大正一二）年六月九日に軽井沢の別荘で「婦人公論」の記者波多野秋子と心中し、作家生活が短かったということもあったが、単行本としては、一九一七（大正六）年一〇月の第一輯（『死』）から、亡くなった年の一一月の第一六輯（『ドモ又の死』）までの「著作集」しかない。

では、文学史的には宮嶋と同じように自らの「労働」体験、あるいは「労働運動」体験を核に創作活動に従事してきた「大正期労働文学」あるいは「前期プロレタリア文学」に所属する作家の宮地嘉六や平沢計七、吉田金重、新井紀一、細井和喜蔵、内藤辰雄、前田河広一郎、中西伊之助、加藤由蔵、丹潔らと比べて、先に記した宮嶋の創作活動はどうだったのか。例えば、ここに列記した労働文学（前期プロレタリア文学）作家のうち、最も旺盛な創作活動を見せ宮嶋とも親交のあった宮地嘉六の場合、『煤煙の臭い』（短編集　一九一九・大正八年）を皮切りに、著名な『放浪者富蔵』（一九二〇・大正九年）、『或る職工の手記』（同）、『群像』（長編　一九二一・大正一〇年）、『破婚まで』（同　一九二二・大正一一年）、『累』（短編集　一九二七・昭和二年）、『小説作方講話』（同）、『愛の十字路』（長編　一九三〇・昭和五年）で戦前の活動はほぼ終わり、戦後になって復活するという歴史を持っていた。

他の労働文学（前期プロレタリア文学）作家のうち、『女工哀史』（一九二五・大正一四年）で知られる細井和喜蔵を除いて、平沢計七が『創作・労働問題』（一九一九・大正八年）を、一九二三（大正一二）年四月に発刊したプロレタリア文学運動の開始を告げた『種蒔く人』の創刊同人であった前田河広一郎が、前年の一九一二（大正一一）年に第一創作集『三等船客』を出し、翌年に第二創作集『赤い馬車』、第三創作集『麺麭』を出したぐらいで、その他多くの作家たちは単行本を刊行することなく、膨大な文学史の陰に埋もれてしまったという現実がある。それ故、以上のような労働文学作家の現実を見ると、宮嶋資夫の創作活動は群を抜いていた、と言わざるを得ない。

さて、一九一六（大正六）年に『坑夫』でデビューしたにもかかわらず、その処女作が発禁処分を受けたことから、しばしの「足踏み状態」を余儀なくされた宮嶋は、一九一七（大正六）年九月、『坑夫』と同じ舞台設定で、主人公を坑夫の石井金次から鉱山事務員の「池田」に代えた『恨なき殺人』で再デビューを果たすことになる。では、その宮嶋資夫という労働文学（前期プロレタリア）作家としての特徴は、どこにあったのか。

その作品のいちいちについては、以後五つの項目に別けて詳論していくが、その文学的特徴について結論的に言えば、多くの労働文学（前期プロレタリア文学）作家のそれと同じように、方法的には「体験」を重視しその体験をリアルに描く「自然主義」の伝統を色濃く持っていた、と言えるだろう。言い換えれば、宮嶋はそのデビューから筆を折る（小説を辞める）まで、後に「私小説」と呼ばれる「体験」を重視した作風の先駆を成す作品を書き続けてきた、ということである。

そんな宮嶋の約一五年間にわたる作家生活において書き継がれてきた小説作品は、先にも書いたように、（1）『坑夫』系列、（2）「鬼権」・相場師（兜町）体験に基づく作品、（3）「自伝」的作品、（4）「無政府主義・労働運動」体験に基づく作品、（5）その他（関東大震災に取材した作品や侠客を主人公とした社会講談、等）の五つに別けられる。順番に、何故それらの作品が書かれなければならなかったのかに焦点を当てて、その文学的特徴を見て行くと、以下のようになる。

（1）『坑夫』系列作品

①『坑夫』（一九一六・大正五年　発禁　後単行本『恨なき殺人』一九二〇・大正九年刊に、過激表現をいくらか削除して収録される）

②『恨なき殺人』（一九一七・大正六年九月「新日本」）

③『雪の夜』（一九二〇・大正九年六月「新時代」）

③『犬の死まで』（同年一二月一一日～翌年三月一五日「東京日日新聞」全四七回連載）

④『憎しみの後で』（一九二二・大正一一年六月一三日～七月二二日「報知新聞」全四〇回連載）

⑤『混惑』（一九二四・大正一三年四月「新潮」）
⑥『山の鍛治屋』（一九二六・大正一五年二月「解放」）
『坑夫』については、すでに第一章で詳述したが、『恨なき殺人』以下の作品は、宮嶋が鉱山労働を体験するうちに見聞した世界に想像力を加えて再構築した『坑夫』とは違って、宮嶋自身の心境が直接的に反映した作品になっていた。例えば、鉱山労働者としての自覚に欠ける坑夫たちに「苛立ち」を隠さない鉱山事務所の職員池田（宮嶋の分身）を「語り手」とする『恨なき殺人』は、当時の宮嶋自身の内面（思想・信条）を想像させる例えば次のような描写において、際立った特徴を見せていた。


その時彼はフト、『自分がこの山に来てから八ヵ月になる』と思つた。が、それと同時に、また例の癖がでた――と、自分で嘲笑《あざわら》ふやうな気になつた。

実際彼が就職してからの月を数へると言ふことは、今日に始まつたことではなかつた。十三の時に小僧に出て、二十四の秋までに十四五度も職業を取り替へた彼は、何処に行つても一年と続いたことは稀れであつた。

彼のいく先々には、必ず馬鹿気た不愉快なことがつきまとつてゐた。

『何のために生きてるんだか解らない世の中に、何だってこんないやな事を辛抱しなきやならないんだ』

こんな事を考へて、折角探し当てた仕事を休んで寝転んでゐたために、職業を失つたことも幾度かあつた。そんな時に彼は、『死んだつても構ふもんか』と言ふやうな気にもなつてゐた。けれども差し迫るひもじさは、矢張り彼を働かせずには措《お》かなかつた。彼はまた職業を探し廻つた。そしてやつと尋ね当てると、同じようなことを考へたり喧嘩をしたりして、また失ふのが例であつた。

引用中の「何のために生きてるんだか解らない世の中」という「語り手」＝池田（宮嶋）の言葉は、まさに日清・日露の帝国主義的戦争によって「疲弊」のどん底に落とされていた下層民（鉱山労働者や宮嶋が経験してきた各種の肉体労働で生活を支えてきた人々）の率直な心情を吐露したものと言っていいだろう。そして、それはまた同時に、日清・日露戦争後の資本主義勃興期の過酷な時代を生きている限り、どんな人間の裡に湧出するこの社会への「不満」や「不安」を代弁したものであった、と言っていいかもしれない。

なお、『根なき殺人』の「語り手」池田は、自分が事務員として働く鉱山で坑夫と麓の村で暮らす人たちとの間に「争い」が起こり、挙句の果てに殺人事件に進展しまったことに対して、あくまでも「鬱屈」した生活を強いられてきた「坑夫」の味方であろうとしながら、何もできない自分に「嫌気」を覚え、深酒をして「事件」から距離を取ろうとする人物として形象されている。物語の終わりの方に、殺人事件が起こってしまったことに対して、池田が「周囲がどんなに悪からうと、自分さえドシ〴〵強く進んで行つたなら、かう言ふ心の苦しみは受けまいと思つた。そして自分の卑怯と怠惰を責めるより外に途はなかつた」と自省する場面があるが、ここには運動（社会運動・労働運動）＝政治と表現＝文学とに引き裂かれた労働文学（前期プロレタリア文学）作家の「苦悩」が反映していた、と見ることもできる。

このような「無政府主義」思想の立場から「表現＝文学」を通して「変革＝社会の転換」を夢見ていた宮嶋の「苦しみ」について、『評伝　宮嶋資夫——文学的アナーキストの生と死』（一九八四年九月　三一書房刊）の著者森山重雄は、「実行と芸術」の相克に引き裂かれていたからだと評したが、次のような『恨なき殺人』の最後の部分を読むと、どうしても「実行＝革命運動」に加わることが出来ず、あくまでも「傍観者」でしかない自分自身の在り様に、「作家」の宮嶋は相当「苛立って」いたのではないか、と考えることができるのではないかと思われる。

彼は一人で盃を手にしながら、落ち着いて牢獄に行つた松田（殺人を犯した坑夫——引用者注）の心を考へてゐた。そして、友達のために人を殺して牢獄に行く松田には、自分のやうに生煮えな卑劣から受ける苦痛がないであらうと思つた。ケチな安逸を貪る自分を、独りして憎んでゐた。けれども、孫根まで松田を送つて行つた荻野（坑夫頭——同）が帰つて来た頃には、彼れはへヾれけになつて、茶屋の土間に寝込んでゐた。

若い時から職業を転々としてきた宮嶋にとって、遠い親戚が経営する茨城県高萩市郊外のタングステン鉱山での事務員生活（労働）がいかに印象深い貴重な「体験」であったか。そのことは、『坑夫』に次いで『恨なき殺人』を書き、その後も舞台設定や主要な登場人物が『恨なき殺人』と重なる短編の『雪の夜』（短編）や、中編の『犬の死まで』、『憎しみの後に』を書き、そして「労働文学（前期プロレタリア文学）」の有力な書き手になって以後も、短編の『混惑』や『山の鍛冶屋』を書き継いだことからも、容易に理解できる。

この「実行と芸術」の相克に悩む労働文学（前期プロレタリア文学）作家の内面を描き出した作品という観点から、宮嶋の『坑夫』系列作品を概観した場合、第一章でも触れたことだが、足尾銅山から逃げ出してきた青年からの「聞き書き」を基にした夏目漱石の『坑夫』（一九〇八・明治四一年）と比較してみると、その特徴がよく判るのではないか、と思われる。つまり、漱石の『坑夫』は、漱石自身が「体験」していなかったから仕方がないとは言え、当時最下層の労働と言われていた「鉱山労働」の実際と坑夫の内面をほとんど描くことをせず、もっぱら「自立」できていない「裕福」な青年の「自我」の行方を問題にしたもので、「体験」に裏打ちされた宮嶋の『坑夫』とは全く異る、言うなれば労働文学（前期プロレタリア文学）の作品とは、似ても似つかないものだったということである。

宮嶋は、「孤独」に苛まれる鉱山事務員の青年が得た「友」である黒犬（クロ）が、鉱山（坑夫）と対立する麓の農民に殺害され、挙句の果てに煮て食べられてしまった経緯を、鉱山主の坑夫や事務員への「理不尽」な振る舞いと重ねて描いた『犬の死まで』や、坑夫相手に体を売っている精神に少々「異常」なところのある若い女性を主人公にした『憎しみの後で』、あるいはいつのまにか採掘しないで坑夫相手に博打を打つしかできなくなった凶状持ちの「流れ坑夫」が裡に抱えた「懊悩」をテーマとする『混惑』、好いた女が他の男と仲良くしているのではないか、と気を揉む若い鉱山の鍛冶屋の「純」な気持ちを、「孤独」に苛まれる鉱山の事務員との関係を交えて描き出した『山の鍛冶屋』等々、最下層と言っていい鉱山労働にこだわり続けたが、その理由は何であったのか。確かなのは、いずれの作品にも底流しているのは、確かな生きる目標もないままに、「自暴自棄」と言っていいような主人公（作者の分身）の心情だということである。このような宮嶋の『坑夫』系列作品にみられる、主人公の「昏い」「前途が見えない」精神の在り様と、日本で最初に本格的な「民主主義（民本主義）」が花開いたとされる大正期の社会とを比べた時、そこから見えてくるのは、表層（明るさ）と底部（暗さ）の歴然とした「格差」に他ならない。言葉を換えれば、「大正デモクラシー」と言われた「民主主義」思想に支えられた社会も、第一次世界大戦（一九一四・大正三〜一九一八・大正七年）に参戦して、アジアや太平洋地域に所持していたドイツの権益を奪い「勝利」しながら、戦後すぐに起こった「米騒動」やロシア革命（一九一七年）を牽制する（妨害する）ために行われたシベリア出兵が象徴するように、海外侵略戦争に歯止めがかからなくなった日本において、「格差」は増大するばかりであったという事実を内包していたということである。

因みに、第一次世界大戦が終わった一九一八（大正七）年の労働争議（同盟罷業、つまりストライキ）件数は四一七件で、小作争議は二五六件、翌一九一九（大正八）年の労働争議は四九七件で、小作争議は三二六件であり（いずれも岩波書店刊『近代総合年表』一九六八年一一月刊による）、労働争議も小作争議も、大正年間を通じて増えることはあっても減ることはなかった。

（2）自伝的短編群

繰り返すことになるが、宮嶋資夫は本質的に「体験」に基づいておのれの作品世界を構築する、言ってみれば自然主義作家の系譜に連なる労働文学（前期プロレタリア文学）作家である。ここでは、その「体験」のうち「自伝的要素」を多分に持つ作品が宮嶋文学の中でどのような位置を占めているかを考えるが、以下「自伝的要素」を持った作品を列記する。

①『母と子』（「新公論」一九二〇・大正九年一月）
②『土方部屋』（「解放」同年一〇月）
③『暁愁』（「新潮」同年一二月）
④『角兵衛の子』（「新文学」一九二一・大正一〇年三月）
⑤『残骸』（「大観」同年同月）
⑥『老火夫』（「太陽」同年四月）
⑦『閃光』（「小説倶楽部」同年五月）

⑧『さまよい』（「人と運」創刊号　同年六月）
⑨『失職』（「解放」同年七月　後「新進作家叢書三四」に収める際『流転』と改題）
⑩『赤いコップ』（「文章倶楽部」同年一〇月）
⑪『道草』（「太陽」同年同月）
⑫『虚脱者』（「解放」一九二二・大正一一年一月）
⑬『安全弁』（「解放」同年六月）
⑭『憂鬱の家』（「中央公論」同年七月）
⑮『あこう鯛』（「解放」同年九月）
⑯『ある部屋での話』（「解放」一九二三・大正一二年六月）
⑰『二つの事件』（「中央公論」一九二四・大正一三年七月）
⑱『両面』（「新小説」同年同月）
⑲『朽木』（「文章倶楽部」一九二五・大正一四年一二月）
⑳『流浪者の手記（一）』（「矛盾」一九二九・昭和四年一一月）
㉑『流浪者の手記（二）』（同　一九三〇・昭和五年二月）

ここに列記した二一篇の「自伝」的作品は、大別して『母と子』や『角兵衛の子』などの「幼児期体験・家族の関係」を描いたものと、一三歳の時の砂糖問屋の小僧を皮切りに土工や魚河岸の軽子、ボイラーマンなど数え切れないほどの職業を転々とした経験を基にしたもの——すでに論じてきたが、そのうち鉱山事務所に勤めていた時の経験を基にした『坑夫』系列の作品や、兜町の「相場師」や大阪で「鬼権」の手代をしていた時の経験を基にした作品類は除く――の二系列に別れることである。

そして、その具体的な内容はそのほとんどが長編の自伝『宮島資夫自叙伝――裸像彫刻』（一九二二・大正一一年一一月　春秋社刊）や、大杉栄や荒畑寒村らの「近代思想」グループに出会うまでの半生をコンパクトに綴った「転々三十年」（「文章倶楽部」一九二一・大正一〇年一一月）に書かれたものと一致する。また、戦後になって書かれた自伝『遍歴』（原題『真宗に帰す』一九五三年八月　慶友社刊）の『坑夫』で作家として出発するまでについて綴られた前半は、あたかも列記した二一篇の短編を基にして書かれたのではないかと思われるほどに、内容が似ている。因みに「転々三十年」の中見出し（ゴシック表記）を以下に列記する。

(1)生まれた家
(2)記憶の初め
(3)立派な商人になり度いと思ふ
(4)悪童時代
(5)砂糖問屋の小僧
(6)今度は羅紗屋の小僧
(7)幸田露伴の門を叩く

(8)歯医者の書生になる
(9)アメリカ行きを志す
(10)社会主義の思想に接す
(11)失恋の苦悩
(12)餓は人を活かす
(13)人夫、広告取、相場師、金貸しの手代
(14)女と死にかける

煩瑣になるので、いちいち作品内容と「自伝」的事実との帳合は避けるが、大杉栄らの無政府主義（アナルコ・サンジカリズム）思想、それはとりもなおさず、「明治」という時代が終わったにもかかわらず、相変わらず「薩長土肥」といった藩閥が権力の中枢をしめていた民衆抑圧的な政府＝国家権力に対する「反意」を明らかに内包する思想であった。しかし、その反体制思想に「共鳴」することによって「作家志向」を強めていった宮嶋にとって、自らの「体験＝履歴」を対象化することから作家としての第一歩を歩み始めたのは、必然であったと言っていいだろう。これまでにも何度か書いてきたことだが、基本的なことなのでもう一度確認しておくと、宮嶋は自らの「体験」を対象化することでその文学世界を構築してきた作家である。つまり、自然主義的手法、もっと言えば「私小説」的手法を生涯手放さなかった作家だったということである。

その意味で、まずは「自分は何者であるか」を求めて、過去の「体験」や「履歴＝成育歴」を

対象化することから始めたのは、しごく真っ当な創作方法だったと言っていいだろう。家族の中の「異端児」として父親とぶつかり、また職業を転々としてきたのも、内に抱えた「葛藤」や「苦悩」が深すぎ、自分でその内なるストラグル（苦悶・もがき）を処理＝解決できなかったが故ではなかったか。先に列記した自伝的作品が、最後の『流浪者の手記（一）（二）』を除いて、比較的初期に集中しているのも、まずは「自分は何者であるか」を見極めようとした結果だったのではないか、と思われる。もちろん、大正デモクラシーと言われる社会の下にあって、続々と生まれて来た「非インテリ」作家である労働文学（前期プロレタリア文学）作家を代表する宮嶋資夫に対する出版界（マスコミ・ジャーナリズム）が、大いに関心興味を持っていたであろうことは、想像に難くない。

だからこそ、作家として本格的に出発して少し経った一九二三（大正一二）年の初め（三月）に、次のような文章で始まる『野呂間の独言《ひとりごと》』（「新興文学」）を書かなければならなかったのである。この小説とも評論とも言えない『野呂間の独言』は、「近代思想」に出会って「運動（労働運動・革命運動）」と「実生活（芸術）＝現実」との融合を考え始めた宮嶋が、その両者の間に横たわる深い溝の存在に気付き、いかに「葛藤」の日々を送っていたかを正直に告白した作品であった。

　胸の中で何かゞ燃えてゐる。熱くつて堪らないのだ。ほつと息を吐けば、炎になつてめらめらと燃えさうな気さへする。苦しくつて堪らなくなつて、この心臓をえぐり出して壁にでも叩きつけたくなつてくる。恐らくそこには、赤黒い炎が立ち上り、やがて暗の中でも物凄い燐の光を放つだらう。——さう云ふ芸術が欲しいのだ。いや自分でそれを作りたいのだ。血を吐いて仆《たお》れても構わない。見ろ、イリヤ、ルネフは苦しまぎれに坂の下の壁で頭を叩き割つた。煉瓦の壁にねばりついた赤黒い血と脳漿が、それが彼の芸術だつたのだ。たつた一つの物で好い。物凄い光を闇に放つ芸術を、それさへ出来たら俺は死んでも構わない。——十年も前に俺はそんな事を考へた事があつた。（『野呂間の独言』）

周知のように「イリア、ルネフ」は、ロシア革命後に「社会主義リアリズム」を提唱したマクシム・ゴーリキーの長編『三人』（一九〇九・明治四二年、田岡嶺雲によって初めて邦訳される）の主人公で、官憲に負われ壁に頭を打ち付けて死を遂げた革命家である。そのように反体制を貫いたイリア・ルネフの生き方とそのような人物を描き出したゴーリキーに、宮嶋は芸術的な共感を覚えていたのである。「煉瓦の壁にねばりついた赤黒い血と脳漿が、それが彼の芸術だつたのだ」とは、まさにそのような「激しさ」と「徹底さ」を宮嶋は自らの芸術に求めていた、ということでもあった。

しかし、「実行（運動）」と「実生活＝現実」との間に横たわる「溝＝闇」は、その闇に苦悩する人間が誠実であればあるほど「解決」からは程遠くなり、次のような思いを宮嶋に強いることになったのである。

心臓をえぐり出して、叩きつけたいと思つた時には、私の心は本当に燃えてゐた。さうして頭の中を通つて行く色々な影に、私は私の心臓の影を託した。けれどもその中に、だん〳〵に自分で自分の心臓に、いやなしみがついてゐはしないかと云ふ事が気になり出した。折角かべにたゝきつけても、物凄い光どころか、たゞぐちゃ〳〵に萎びて腐つて行くやうな物だつたら堪らない――そんな懸念さへ湧いて来たのだ。さうだ。だん〳〵だれて来て、分泌力が無くなる事を懐体は望んだのだ。さうして私はそんな時には、いつでもきつと自殺を考へてゐたのだつた。生か、死か、生か、死か、余り陳腐で古臭いこの問題が、頭にこびりついて離れない。さうして長い間苦しんで来た。（傍点原文　同）

その意味で、宮嶋の「自伝」的作品は、自らの心臓につけられた「いやなシミ」をどうしたら拭うことができ、一度は信じた「革命と芸術、その中にこそきつと自分は勢いよく死ぬ事が出来る」との熱い思いを実現することができるのか、を確認する作業でもあったのではないだろうか。「革命と芸術」に自分の身を捧げることができる、もちろんこのような宮嶋の思いは、「革命」あるいは「芸術」を現実的・具体的に考える人たちからは、「革命的ロマンチシズム」とか「芸術至上主義」的文学観に見えたと思われる。しかし、「言葉」を武器に世の中に立ち向かっていこうとする者にとって、「革命的ロマンチシズム」こそおのれを奮い立たせる最高の考え方だったのではないか。宮嶋の「自伝的作品」類を見ていると、そのように思われてならない。

(3)「鬼権」(金貸し)・相場師(兜町)体験

宮嶋が職を転々としていた二〇代前半の青年時代に経験した兜町における「相場師」や、大阪・猪飼野の金貸し(「鬼権」と言われた木村権兵衛)の手代をしていた時の経験を基にした作品は、以下に示すようにそう多くはない。しかし、その数少ない作品の中には、宮嶋の唯一の長編『金』(仏僧になってからの一九三四・昭和九年五月に大雄閣から再刊された時に、『黄金曼陀羅』と改題される)が含まれている。

①『迷乱』(「解放」一九二三・大正一二年三月号)
②『黄金地獄』(一九二四・大正一三年五月　万有閣刊　後『黄金曼荼羅』と改題され『新興文学全集3』一九二八・昭和三年七月　平凡社刊に収録)
③『違算』(未発表　また本作とほとんど同じ内容を持つ未発表の『音松の勝利』がある)
④『金』(一九二六・大正一五年四月　万生閣刊　後『黄金曼陀羅』と改題して一九三四・昭和九年五月　大雄閣より再刊)
⑤『誤算』(「新潮」同年九月)
⑥『乗合』(「中央公論」一九二七・昭和二年二月号)

これらの作品の基になった「相場師」体験や「金貸し(鬼権)の手代」となった経緯について、

後に「サンデー毎日」に連載した「人間随筆」の第二回「鬼権」で、宮嶋は以下のように書いていた。少し長くなるが、当時の宮嶋が「相場師」や「金貸しの手代」についてどのように考えていたのかが、この文章を読むと、よくわかる。

人間の記憶といふ物にも、不思議な因縁のつきまつはることがあるもので、僕がかつて、十九歳か廿歳の時、兜町のある店にゐた当時、その店で大阪毎日新聞を見たのである。そしてそこに鬼権訪問記といふ記事を発見した。その記事によれば、彼はその猪飼野《いかひの》の壁の厚い塀に囲まれた一郭の中に閉ぢ籠つて、全く世間を敵として、たゞ金銭の増殖に日夜腐心してゐるさまが描かれてゐた。（中略）陰々として鬼火の燃える家の中に、羅刹《らせつ》のやうな老人が、金の塊を抱きしめて、世間に向つて呪いの眼を光らせてゐる如き状態を、私に想像させるに十分だつた。恐ろしい親爺だと私はひそかに思つてゐた。然るに何の因縁か、僕は若気の至りで、日露戦後のガラ相場に売に廻つて（も大きいが）金が入るにまかせ、最初の目的も希望も、一切を遊蕩の中に溶し込んでしまつたために、間もなく失敗、東京にもゐられなくなつて、大阪に向つて難を避けるべく逃げ出したのであつた、（中略）

失望した僕が友人の家に一二ケ月転がつてゐる中に、ともかく飯でも食つてゐられる所を探した揚句、漸くぶつかつたのが、鬼権の家の手代といふ職業だつた。以前読んだ、鬼火の燃えるやうな陰惨な記事の光景が、再現したのももちろんであるが、飢ゑることはそれよりも恐ろしいことであった。かくて私は思い切って彼の家に手代として住み込んだ。そして、この稀有の金銭崇拝家の性格に、親しく接することを得たのである。

無政府主義思想に共鳴して出発した労働文学（前期プロレタリア文学）作家が、およそ自らの思想に馴染まない「相場師」や「金貸し」の世界を舞台にした小説を書くこと自体が珍しい事であったが、デビュー作『坑夫』もそうであったように、「現実」や「体験」を重視する自然主義文学の手法をおのれの文学的方法としていた宮嶋にとって、一般的な意味でも稀有な体験であった「相場師」や「金貸し」の世界は、読者を意識した時、格好の素材だったのではないか、と思われる。

特に、長編『金』は、『宮嶋資夫著作集』（全八巻　慶友社刊）の第四巻に解説を書いている中山和子が、『日本文学小辞典』（一九六八年　新潮社刊）の「宮嶋資夫」の項で「株屋の世界を扱った大衆小説」と書いているように、これまで宮嶋資夫文学の中で、唯一の長編でありながらあまり重要視されてこなかった作品である。理由は、たぶんこの長編が「相場師＝株屋」の世界を扱いながら、その筋立ての中核になっているのが、「株＝相場」に翻弄されて人生をしくじった人間の娘と相場師との「恋愛」、それも尾崎紅葉の『金色夜叉』（「読売新聞」一八九七・明治三〇年一月一日～一九〇二・明治三五年五月一一日　未完）と同趣旨の「金《かね》」に関わる「悲恋」と「復讐劇」だったからである。

とは言え、同じ「人間随筆　鬼権」の次のような結語を読むと、宮嶋は徹頭徹尾社会の片隅で生きる「人間」に深い興味関心を持っていたのだな、と改めて思わないわけにはいかない。

人間はどうせ、我仏尊しの動物である。彼がかく金に愛着を感ずることを、いかに脱皮した所で、所詮節を曲げる人物でもない限り、僕は寧ろ、世間の毀誉褒貶に頓着なく、自己の愛する所を赤裸々に告白しつゝ、勇敢に進んだ彼の態度が好きである。普選（普通選挙＝引用者注）など初まつて来ると、今まで全く無関心であつた民衆のためにとか、われ等の隣人とか、下らないロレツの廻らないポスターを振廻して、代議士家業に色気を出す人間が飛び出すと、一方にはまた、彼は一切を擲《なげう》つて、この戦ひに従つてゐる、全くはたの見る目にも涙ぐましく映つてくる、などゝ、情話劇のせりふのやうな甘い文句で、世人の心をひかうとする人間さへ続出する。それは全く、多少世間の苦労をした人間には、たゞく滑稽に映ずる以外に他に何物もないのである。

鬼権の持つてゐた偽りのない一脈の痛快さは、薄ら甘い普選口上の後での適当な口直しである。

このような「鬼権」観は、「鬼権」の下で働いていた時の経験を書いた『黄金地獄』終章の、「彼（鬼権）は命のある限り、その信念に向つて燃焼して進んでゐる、老人の金に対する熱愛は、恋よりも親子の愛よりも、時としては、死に対する恐怖すら征服するまでに燃えてゐる」という言葉によく表れていると言っていい。しかし、興味深いのは、宮嶋自身と考えていい「手代の上野」にそのような鬼権と対比して、次のようにおのれの内面を吐露させていることである。

上野は自分自身も、老人の信念の前には煙のやうに影の薄いものとしてしか、存在しないことを考えると、彼は恐ろしく、自分が意気地のないものとしか思はれなくなつて来た。煙のやうに影の薄い人間は、憎悪や呪詛の的ともならないかはり、人から斬られるやうな恐れもないのであらう。然しそれは、相手の憎しみにも信頼にも、価するだけの確《しつ》かりした、形にも的にもなつてゐないからのことであつた。生きているか死んでいるのか判らないそんな生活は――と考へると、上野はそんな自分自身が恐ろしく希薄なつまらない、まるで値打ちのないものゝやうに思はれて来て、中心を失つた空疎な苦しみに堪へなくなつて来た。

鬼権の手代をしていた二二歳前後に、宮嶋がこのような心境を獲得していたかどうかはわからない。しかし、自分の内部に「芯」になるものが全く存在せず、「欲望」のままに「流されている」自分の在り様に「嫌悪」していたことだけは確かで、「中心を失つた空疎な苦しみ」というのは、当時を振り返っての自分自身に対する正直な感想だったのではないだろうか。『黄金地獄』の最後で、上野は次のような心境に至るが、そのような上野の述懐の中に宮嶋自身の「決意」表明が秘められていたと考えられる。

生きてゐる限り、煙や影であつては堪らない。神にも金にも信念のない自分であるが、然し形にならなければ――と考へると、彼はあてのないその燃焼の世界が俄《にわ》かに欲しくなつて堪らなくなつて来た。何よりもいけないのは、たゞ飯を食つて生きてゐられると云ふだけで、あの老人の下にこき使はれて、霞か煙のやうな生活をしてゐる事だ。自分が自分の形を造るにはと考へる、彼は一時《いっとき》も早くこの老人の家を出て、彼の前に全存在として立ち得るやうになりたくなつた。さうだ早く出るのだ、一日も早く出るのだ。事務室の椅子によつかゝつて、いつまでもいつまでも、彼はこの家を出る手段を考へてゐた。

「金《かね》」に執着し翻弄される人間（鬼権）の元から「一日も早く出る」ことを願った上野の気持ちは、「独立自尊」を願い続けて来た宮嶋の「真意」であったと言っていいだろう。しかし、当時の文壇で主流であった自然主義作家や白樺派の作家、あるいは勃興しつつあった労働文学（前期プロレタリア文学）の作家の誰も手を付けようとしなかった「株屋＝相場師」や「金貸し」の世界を描いた宮嶋の気持ちの中に、「無政府主義思想」や「社会主義思想」――宮嶋は、大杉栄らと知り合って数年後、麗子と結婚した後のことになるが、一九一九・大正八年の三四歳の時、一九一五年に堺利彦や山川均らと「新社会」を創刊した社会主義者高畠素之から週一回『資本論』（英訳本）の講義を受けていた――から手に入れていた「資本主義」体制＝経済至上主義に対する批判・嫌悪もあった、と考えていいのではないか。それ故、「相場師」や「金貸しの手代」の体験を基にした作品群に関して、そこに宮嶋の「先駆性」を見るのも、あながち間違いではない、と言える。

宮嶋の「資本主義」批判ということであれば、宮嶋が労働文学作家として本格的に活躍し出したところに、自分のこの現実社会における在り様との関係で、「東京日日新聞」（現「毎日新聞」）の一九二一・大正一〇年一〇月二〇・二一・二二・二五日に書いた「断片（二）」（原題「断片」『第四階級の文学』一九二二・大正一一年　下出書店刊所収）に、次のように書いていた。

資本主義制度を悪と信ずる人間が、その制度の中に安閑として生きてゐる事は、自己に対する侮蔑であり恥辱である。併《しか》しながら私にせよ、又多くの人にせよ、秋晴れの空が美しく晴れた時などには、凡てを忘れてたゞ茫として暮す事もある。又自分の心の中をよく顧みて見た時などには、如何に醜悪なエゴイズム――之こそブルジョア階級成立の根源である――や、残忍な暴君的な性――それが専制政治の根源だ――が、満ち充ちてゐるかゞ、判然とわかつて来る、然も尚ほ私は容易に之れ等の性質から離れ切れない執着を感じてゐる。そして私のこの性質の反映は、社会的の諸事情の上にも亦、判然と観る事が出来るのだが、たゞ是等の現実を否定しようとする意思が、あるばかりで、扨《さ》て容易に否定し去る事は出来ないのである。そして偶発作的の感情の上では、社会に対してはテロリズム、自己に対して自殺の外に道はないのかと思ひ詰める事さへあるが、さてその実行は、尚更困難な事である。

戦後になってのことであるが、戦後派作家の野間宏が相場師＝株屋（兜町）の世界を描いた『さいころの空』（一九五九年　文藝春秋新社刊）で、資本主義経済社会の「闇＝悪」を暴き出そうとしたが、宮嶋の『金』や『黄金地獄』はまさに『さいころの空』（野間宏）の先駆を成すものだったと言っていいだろう――後代になると、高度経済成長の成功を背景にした『総会屋錦城』（短編集　直木賞受賞作　一九六三年）の城山三郎や『虚構の城』（一九七六年）の高杉良らの企業小説（経済小説）が流行するようになり、その流れは今日まで続いている。しかし、その文学世界の中心（テーマ）は、宮嶋や野間宏が行った「資本主義」体制批判ではなく、「経済大国」となった日本における企業内の醜い人間関係（閨閥あるいは人事問題など）や、経済界と政治との結びつきを曝露するといった傾向が強くなっている――。

なお、「中央公論」の一九二七（昭和二）年二月号に発表した『乗合』の次のような最終場面を見ると、宮嶋が若かりしときの「相場師」や「金貸しの手代」体験をいかに貴重な体験として、おのれの社会観（世界観）との関係で考えていたかがわかる。

『場が立たなくなるぢゃありませんか』と云つた中川、『金儲けの嫌いな男』と自分を罵つた伯父、いつもくしやくしした顔をして、理屈ばかり云ふ岩井、あの若僧を引っ張つて来て、べらべら惚気を喋舌らせる水谷、女を取られて、乗合を語らうと云ふ石川、最後に中心を失つて戸惑つてゐる自分まで考へると、凡てこゝに集る者が、まるでみんなちぐはぐで、ばらばらで、この店こそ何だか本当に乗合船のやうに思はれて来た。それもいま正に、破船しさうなぼろ船である。『沈むものならさつさと沈んでしまへ、さうしてみんなばらぐ〵になるのが好いのだ。その方が、俺ははつきりする』。

彼は心で呟いて立ち上つた。両腕をぐつと上に伸ばして、両足を突つ張つて、ぐらつく船の上にゐるやうに身体を揺ぶつた。すると堪らなく愉快になつて来て「わはゝゝ」と四辺《あたり》構はず、大きな声を上げて哄笑した。

この『乗合』というやや長めの短編は、明らかに兜町に集まる様々な「その日暮らし」の相場師の姿に託して、関東大震災時に憲兵によって虐殺された大杉栄亡き後、四分五裂状態にあった社会主義陣営（無政府主義思想界）・労働運動を比喩的に描いたものと言ってよく、「自立」を目指しながら「ままならない」宙ぶらりんの状態に置かれた当時の宮嶋の姿を投影したものでもあった。いずれにしても、宮嶋が『金』や『黄金地獄』――共に「黄金曼荼羅（曼陀羅）」と後に改題して再刊していることを考えると――を通して、資本主義社会の「闇」や「矛盾」を暴き出していたことの歴史的意味は消えない。

（4）「運動（労働・革命）」と「実生活」の相克

宮嶋の小説群の中で、「自伝的」作品と並んで数の多いのが、仏門に入るまで何らかの形でアナーキスト（無政府主義思想者）として労働運動や革命運動に関わり続けた経験と、結婚し五人の子供を持つに至った実生活との「相克・葛藤」を描いたものである。なお、ここに所属する作品は、「体験」に基づいて書かれたものが多いということを考えると、「もう一つの自伝的作品」と言うこともできるかもしれない。

①『暁愁』（「新潮」一九二〇・大正九年一二月）
②『野呂間の独言』（「新興文学」一九二三・大正一二年三月）
③『仮想者の恋』（「東京日日新聞」同年六月二六日～八月六日、全四一回連載）
④『その頃のこと』（「中央公論」同年八月）
⑤『非流行作家の受けた侮辱』（「中央公論」一九二五・大正一四年六月）
⑥『海辺の追憶』（「地方」一九二六・大正一五年五月）
⑦『疲れた人々』（中央公論）同
⑧『開墾小屋』（「世界」同年一二月）
⑨『或る出来事』（「新潮」一九二七・昭和二年八月）

作家として本格的に出発してからの宮嶋が、「近代思想」に出会った頃の「希望」に燃える気持ちを次第に萎えさせて、どこに進めばいいのか、一種の「惑乱」状態になったことについては、先に取り上げた『野呂間の独言』の次のような言葉を見れば、歴然とする。宮嶋は、『野呂間の独言』の中で、「絶望」の果ての「懐体＝自殺」を考えていながら、「お話にもならない失態（懇《ねんご》ろになった女性と心中未遂事件を起こす――引用者注）を演じて未決監にぶち込まれる」という事件を起こした時、「初めて自分が本当に、自分の生を否定してゐるものでもない事を、また如何に此の世の中に愛着と未練とを持つてゐるかと云ふ事をはつきり判る事が出来た」と言い、次のように書いた。

それから少時《しばらく》後の事だ。革命と芸術、その中にこそきつと自分は勢ひよく死ぬ事が出来るのだ。さう信じた時もあつた。もや〳〵した思ひを一気に吐き出すやうな芸術、心臓を白壁に叩きつけたやうな芸術、たゞそればかりに、と思ひ込んで暮せた時もあつたのだ。然しやがて、自分の心臓についてゐる、汚い汚点《しみ》が気になり出して来たのである。それから後は決定のつかない日が長く続いた。或時は、相場をして金を儲けて、運動の為にと柄にもない事を考へた事もあつた。さうして、儲けた金は、下らない耽溺の生活の中に、安価な享楽の中に消えてしまつた。目的の為の手段、そんな言葉で胡麻化してゐた日々の興味のない生活が、心から身体から、すつかり精気を奪つてしまつた。朝も晩も夜中も昼も、一人でゐると自殺ばかりを考へるやうになつてしまつた。心臓が萎《しな》びたのだ。だん〳〵だれた者には懐体以外の物は望めなくなつてくるのだ。

そして、このような「悩み」が生まれるのは、「労働運動をやるならば、まづ自分自身が労働者となり、同列に身を置いて戦はなければならないと云ふ信念を、不幸にして私は持つていた」（『野呂間の独言』）からだ、と宮嶋は思い込んでいた。革命運動や労働運動における「指導者（理論家・知識階級）」の存在を蔑《ないがし》ろにしたこの種の議論は、現在もなお反体制運動（革命勢力）の一部には残っているようだが、ここから透けて見える宮嶋の思想はまさに「悪しき」としか言いようがない実践主義にほかならなかった。しかも、「反権力・反国家」を標榜しながら、「前衛」（共産党）の指導を拒否するアナーキズムの労働運動・革命運動は、大杉栄亡き後「テロリズム」への傾斜を強め――一九二五（大正一四）年一〇月一五日に「大杉栄の仇を討つ」ということで陸軍大臣福田雅太郎を暗殺しようとした（未遂）ギロチン社の古田大二郎（死刑）に始まって、和田久太郎（無期懲役、獄中で自殺）、そして村木源次郎（予審中に肺結核で倒れ、出獄後死亡）へと続いた――組織的には「自滅」の道をたどることになる。

そんな「革命運動」「労働運動」に関わっていた自分たちの現状に対して、宮嶋は『疲れた人々』（「中央公論」一九二六・大正一五年五月）の中で、次のように書いた。

これほどに、その当時の彼等の生活はせつぱつまつてゐた。彼等はみんな一様に、眼に見えない大きな影の前で佇立してしまつてゐたのである。
影は煙のやうに暗く濃く、しかも深淵のやうに果ての知れない物であつた。然し、彼等の友人の数人は、勇敢にも次ぎ次ぎに影に向つてぶつかつた。影は黙つてそれを吸い込んだが、そこには裂け目も光も見えはしなかつた。あとからあとへと消えて行く、友人の姿をぢつと眺めてゐた彼等は、恐怖と羞恥に心を嚙まれた。そして彼等の感情は、或時は耐え難いほど狂暴にたけり狂ひ、或時は墓場の底へ落ちたやうに沈み込んでしまつてゐた。

皆が暗い影に向つて、歯を向き出して叫びながら、思い切つて身体を投げ切れない、自分の弱さを嘆いてゐたのだ。

だから彼等の生活も、同じく云ひ合わせたやうに窮乏のどん底に沈んでゐた。家主からは家を追はれ、米屋は米を持つて来なくなつてゐた。けれども彼等は、それを恢復するために働くだけの気力もなかつた。絶望と羞恥《しゅうち》に全く精力を奪はれて、涯しもない暗黒が眼の前を閉してゐる。

そこで彼等は徒らに転がつて苦しみもがいてゐたのであつた。


ここで宮嶋が言う「影」が「国家」ないしは「権力」を意味し、「彼等」が大杉栄亡き後の自分を含むアナーキストたちであり、「彼等の友人の数人」は古田大二郎や和田久太郎らを指すことは明白である。その意味で、『疲れた人々』は大杉栄亡き後のアナーキズム運動の惨状を描いた作品と言うこともできる。別な言い方をすれば、一九二〇年代初めに起こった「アナ・ボル論争」——労働運動の組織論において、「自由連合論」を主張する大杉栄や宮嶋資夫らのアナーキズム派と、「中央集権的組織論」を唱えるボルシェビッキ派（レーニン主義派）との間で行われた激しい論争——を経て、関東大震災後（大杉栄が憲兵によって虐殺された後）にアナーキズム派は次第に衰退していったが、この『疲れた人々』はその退潮期のアナーキズム運動の実態を描いた作品であった。

このことを作品に即して言えば、『疲れた人々』は「暗い影に向つて、歯を向き出して叫びながら、思い切つて身体を投げ切れない、自分の弱さを嘆いてゐた」アナーキストたちの「残党」とも言うべき人びとが、金を工面して小さな店を出し、そこで得た利益を資金にもう一度組織を立て直そうとしながら力尽き解散していく様を描いた中編小説ということになる。

全体の印象は、「陰々滅々」といったものだが、最後に語り手（宮嶋）が「何をすると云ふあてもなかつたが、何も彼もなくなり切つてしまった彼の心には却つて何か薄白い光が少し射し込んで来たやうな、かすかな力が湧き上つて来るのを明らかに感じてゐた」という思いを吐露して終わっているところに、宮嶋が今後について「かすかな希望」をもっていたのではないか、と思わせるような作品でもある。

なお、宮嶋が「労働運動・革命運動」と文学との関係についてどのように考えていたかは、労働文学（前期プロレタリア文学）の作家として、当時島崎藤村や田山花袋らを中心とする自然主義作家や武者小路実篤や志賀直哉、有島武郎らの白樺派が中心を占めていた文壇に、本格的に登場し始めた頃に発表した『第四階級の文学』（「読売新聞」一九二二・大正一一年一月二八・二九・三一日、二月一・二日）と、その当時おのれが陥っていた内的窮状を正直に告白した『自らを語る』（「表現」一九二二・大正一一年）を見ると、自ずから判明してくる面がある。更には、それらを補強する資料として、これまでにも何度か触れてきた『野呂間の独言』も忘れてはならない。

まずは、『第四階級の文学』と『自ら語る』について考える前に、『野呂間の独言』で宮嶋が「労働運動・革命運動」と自分の文学についてどう考えていたのか、もう一度見てみよう。宮嶋は『野呂間の独言』の中で、自分が「社会（革命）運動」や「労働運動」について、当時どのように思っていたか、次のように書いていた。

大体私は、社会運動が何よりも大切とか、労働運動が一番とか、芸術が一切より尊いとか、それが為に……などと云ふ気は寸毫もないのである。自分が本当に生きる為に、さう云ふ事をしたくなつた時、生死も賭ける気は起るが、向ふにあるものに引きづられて、心にもない苦しみを感じたり、いやな思ひを我慢してエラクならうなどと云ふ気は更に寸毫もないのである。

ところが、次のような経験をすることによって、宮嶋はさらに「混迷」の度を深めることになったのである。

こんな気持ちの中で那須で書いた雑感は、正進会の連中から小つぴどく攻撃された。文壇で読まれなからうと、女学生が読者でないために本が売れなからうと、月評で攻撃されようと、そんな事には案外平気である私も、正進会の人達から攻撃されると云ふ事は、即ち労働者を裏切つた事になる。これは全く、一番苦痛でどてつ腹をえぐられたやうな気がしたのである。

ここで急いで「注釈」しなければならないのは、宮嶋が「正進会の連中」という「正進会」のことである。この新聞や雑誌の印刷工で組織された労働組合は、当時にあってはそう多くないアナーキストたちが主導する労働組合だったということである。そんな日頃から「仲間」意識を持っていた労働組合（正進会）の人達から、自分の書いたものが「攻撃＝批判」される、「運動（革命）」と芸術の挟間で自分の進むべき方向が見えないために苦しんできた宮嶋が、「一番苦痛でどてつ腹をえぐられたやうな気がした」と言うのも、無理からぬことだったのである。

では、仲間である「正進会」の連中から「攻撃＝批判」された「那須で書いた雑感」は、『第四階級の文学』なのか、それとも『自ら語る』なのか。二つの文章を読み比べてみると、宮嶋は『第四階級の文学』で、第一階級である「王」や「領主（殿様）」、第二階級である「貴族・僧侶（宗教者）」、第三階級である「市民（ブルジョアジー）」とは違って、資本主義体制の下で発生した「無産階級・労働者階級（プロレタリアート）」である「第四階級」が必要とし、またその階級が生み出す文学について、次のように「肯定的・積極的」に提言しており、そのことを考えると、正進会から「攻撃＝批難」されるようなことは「第四階級の文学」にはなかったのではないか、と思われる。宮嶋は、まず「第四階級」の人々がどのような境遇にあるか、を説く。

今日まで第四階級の人々は、長いあひだ、疾病と暗黒と無知の生活を余儀なくせられる貧困の生活を、人生のどん底に繰り返して送るべき運命を余儀なくせられて来た。そして彼等は、彼等がかかる悲惨な生活を送るべく、特に何等か異つた運命を担つて生れ出て来た如く、或ひは宿命論に、或ひは何物も与へられなかつた彼等が何事も知り得なかつたのを生れながらの斯の如く劣つた素質を有する者かのやうに欺かれて、憐れむべく悲しむべきその生活を幾代か継承して送つて来た。然しながら近代科学の発達と共に、人は生れながらにして斯の如く差別ある運命を担はなければならない者でない事を、即ち平等の権利ある事実を、的確に証明された。

その上で、自分たち「第四階級＝労働者階級・無産者階級」がいかに資本家階級や支配階級に「搾取」され続けてきたかを説き、そして「叛逆」の権利を有しているかを、以下のように書いた。

一度び此の事実（前記引用のような状況に置かれていること――引用者注）に目覚めて来た時、彼等は今までの自己の生活が、如何に少数者の手に奪はれてゐたか、そして自己自身は、人としての生活を一生を通じて生活し得ざる運命の下に置かれてあつたかを痛感した。茲《ここ》に於て彼等は我々の生命を我々に戻せ、我々が生産した物は我々の物たらしめよ、と社会に向つて要求しはじめた。之れが近代労働運動の根本精神である。此の要求に於て明らかに認むる事が出来るが如く、彼等は決して多くを望んでゐるのではない。自己の手によつて作られた物を自己自身の物たらしめよ、そして我々も諸君も共に、もつと、より人間的な生活に歩調をともにして進もうではないかと云ふ丈である。第四階級のこの要求には、資本主義の道徳が示すやうな、他人をして自己に隷属せしめなければ止まない、卑しむべき征服感に燃えた権力的傾向もなければ、自己自身の悦楽のみを計る利己主義もない、極めて小にして、而も極めて正しき要求である。

労働組合運動の組織論として「自由連合論」を提唱してきた無政府主義思想（アナルコ・サンジカリズム）の持主だったことを考えれば、右の二つの引用に見られる宮嶋の状況論及び資本主義体制への根源的批判は、しごく真っ当である。繰り返すが、この文章の中には正進会の労働者たちが批判する余地は全くなかったと考えていいだろう。

だとすると、彼らに批判された宮嶋の文章というのは、自ずと「自ら語る」ということになる。このエッセイの中には、「真に芸術を愛するものこそ革命家とならなければならない。と私はさう信じてゐる」、という聞きようによっては自分を別格に置いたようにも聞こえる「危うい」フレーズも含まれていた。後半に「伏字＝○○」が多く、そのために意味の取りにくい個所のあるこの文章の中核は、以下のようなところにある。

私は或る社会的の事実を取り扱ひ、之れを芸術の上に表現しようとする場合、私の主観に映じ主観の要求するものを端的に描き出す自由を有しない。然も現在の世界に生きる私の主観には、善にしろ悪にしろ、醜にしろ美にしろ、その現実は、ありくと私の主観に映つてくる。その現実の中に生きてゐる私は、その現実の悪を斥《しりぞ》け、その醜を剔抉《てっけつ》して行く楽みにのみ初めて真実の美も善も生まれてくると信ずるものである。たゞ徒《いたずら》に自己の空想し、理想する美や善の世界ばかりを高調する事は、現実に徹しようとするものゝの忌むべきみちである。けれども今日の社会に於ては、果して現実の有する虚偽醜悪を明らかに自己の主観に映じたまゝに表現する自由を我々は持つ事が出来てゐるだらうか。云ふまでもなく、私の手には鉄錠を、口には堅い箝口具《かんこうぐ》をはめられてゐる。かくて私には、アナキスティックであるべき芸術の自由も、完全なる個性の表現も許されない。たゞ僅かに或ひは灰色に或ひは鼠色にぼかすか、又は主観の要求する表現の素材を強いて切りすてゝ、漸く喘々《ぜんぜん》として公開の余命を保つてゐるに過ぎないのである。

このうち、どの部分が正進会の連中から「攻撃＝批判」されたのかは不明だが、たぶん、「果して現実の有する虚偽醜悪を明らかに自己の主観に映じたまゝに表現する自由を我々は持つ事が出来てゐるだらうか。云ふまでもなく、私の手には鉄錠を、口には堅い箝口具をはめられてゐる」というような、いかにも自分が「主観」的には「不自由」を強いられているかのような言い方が、正進会の労働者たちの気に障ったのかもしれない。あるいは、次のような言葉もまた、厳しい労働運動の現場にいて宮嶋の作品にエールを送っていた（読んでいた）者からすれば、一種の「甘え」と「無責任」に聞こえたかもしれない。

私は、まだ曾て自己の思ふがまゝに、自己の主観を表現し得たと思ふ事はない。常に何かしら或る点で妥協してゐる。或ひは仮面を被つてゐる。そしていつもこの不愉快な掣肘《せいちゅう》と、重苦しい圧迫の下に、煮え切らない不徹底な日々を送つてゐる自己の臆病と怯惰《きょうだ》を自ら侮辱してゐるものである。

自分たちの「仲間＝同志」と思い、また「応援」してきたアナーキズムに共鳴してきた労働文学（前期プロレタリア文学）作家に、「曽て自己の思ふがまゝに、自己の主観を表現し得たと思ふ事はない」とか、「この不愉快な掣肘と、重苦しい圧迫の下に、煮え切らない不徹底な日々を送つてゐる自己の臆病と怯惰を自ら侮辱してゐる」と言われてしまった労働者たちにしてみれば、この宮嶋の正直な告白も「裏切り」の言葉としてしか聞こえてこなかったのではないだろうか。宮嶋は、この頃労働文学（前期プロレタリア文学）作家として抱いた「苦悩」について、後の自伝『遍歴』の中で次のように記していた。

自分では一生懸命に書いた。が、書く物も書く物も、不満であった。第一に処女作を書いたときほど内から押して来ない。（中略）

自分で自分をいぶかった。何故にこんな状態に陥るのか、愚かな私はさらに判らなかつたのである。後になつてやつと判つたことであるが、私は全く過ちを犯してゐたのだ。自分では主義のために、命を捧げたいと思つてゐた。また、ウラ子と二人だけのときはよくそれを語り合つた。生命を賭けて進む道、人生にはただそれだけが尊いのだ。私達はそれを無政府主義運動の中に見出してゐた。長男が生まれてから、どこか心の底に、それを拒むものが出来たのではなからうか。自分でそれに触れることをさけて、自分では盛名を捧げ得ると思つてゐるうちに、いつかそれが薄らいでゐる。そしていままた、自分が最も志望した文学の道に携はることになつてもまだ、自分では主義に身を捧げようと思つてゐるのだ。主義に一切を捧げるなら、文学も亦捧ぐべきである。主義の為に作品を書けばいいのだ。（中略）翻つて、文学に生きようと思ふならば、文学に一切を捧げなければならない。主義の上から、逃避と見えるかも知れないが、文学は文学に生きることによつてのみ成立するのだ。が、私はその何れにも、純真につかへることなく、即ち自分では、生命を賭してゐると思つて、何れにも捧げてゐない過ちを犯してゐたのである。その結果が自分に報ひられたのだ。何れの道にも献身的に進み得ない結果と憂鬱が絶えず私を支配した。（「運動と創作」）

このような「苦悩」を抱えたままの作家生活、傍からは「順調」に見えたかもしれないが、「主義（無政府主義思想）」に「生命を賭ける」訳でもなく、また「文学（芸術）」至上主義になることもできなかった宮嶋を待っていたのは、『非流行作家の受けた侮辱』がよく伝えているように、「依頼されて書いた原稿」が何か月も棚ざらしにされるという状況であった。

（5）多様な作品世界

基本的には自分の「体験」を基にして作品を構築することで、宮地嘉六と共に労働文学（前期プロレタリア文学）の作家として活躍してきた宮嶋であり、それが雑誌や編集者に求められた結果と考えられるが、その作品世界は意外と「多彩」である。これまで触れなかった作品を列記すると、以下のようになる。

①『国定忠治』（社会講談「改造」一九二一・大正一〇年三月）

②『放浪俠客　竹川森太郎』（同）同　同年七月）＊同名（同作品）が、「労働週報」一九二二・大正一一年八月二八日、九月二七日、一一月二一・二八日、一二月四日に掲載される。

③『ある部屋の話』（「解放」一九二三・大正一二年六月）

④『真偽』（「改造」同年一二月）

⑤『悪夢』（「虚無思想」一九二六・大正一五年六月）

⑥『埼玉事件』（戯曲「新潮」一九二八・昭和三年一一月）

⑦『階梯』（「中央公論」一九二九・昭和四年二月）

このうち、①の『国定忠治』と②の『竹川森太郎』は、簡単に言えば、明治期の自由民権運動における「川上音二郎一座」――一世を風靡した「オッペケペー節」によって明治政府（藩閥政府）批判を行った――を模倣して、江戸時代以来の浪曲や講談でお馴染みの「弱きを助け、強きを挫く」俠客（実は「博打打ち」）が、いかに「弱き者＝農民や町人」の味方であったかを強調することで、反体制思想（無政府主義・社会主義）の正当性をわかりやすく「読み物」にしたものであった。「高尚」な社会主義理論をいくら主張しても労働者や庶民になかなか受け入れてもらえなかった現実と、学歴格差が激しかった当時の社会について考えれば、この「社会講談」という方法は多くのマスコミ・ジャーナリズムや政党、労働団体（労働運動）に受け入れられるものだったのではないか、と思われる。

また、明治維新期を代表する反体制運動であった自由民権運動を象徴する「秩父（困民党）事件」——一八八四（明治一七年）一〇月～一一月に、埼玉県秩父地方と群馬県南西部の農民が「生活苦」を理由に困民党を組織し、そこに自由党員が加わり、高利貸への返済延長や村民税の軽減を求めて蜂起した事件。武装した一万人近い困民が高利貸や郡役所、警察などを襲撃するが、大宮に駐屯していた明治政府の軍隊が出動して鎮圧される——を素材とした『埼玉事件』が、「戯曲」の形で発表されたのも、演劇として上演されれば、それだけ理解しやすいのではないかという宮嶋の配慮があったからではなかったか。

なお、宮嶋の「多彩さ」は、④の『真偽』と⑤の『悪夢』によって証されると言ってもいいだろう。発表時期は少し離れているが、両方とも関東大震災時の人々（被災者や住民）の在り様を批判的に描いたものである。関東大震災と文学（者）との関係については、芥川龍之介や正宗白鳥、徳田秋声、等々の作家が様々にエッセイを書いたり小説にしたりしてきたが、労働文学（前期プロレタリア文学）作家たちは、世に「甘粕事件」と呼ばれる大杉栄と伊藤野枝（と彼女の甥の橘宗一）が震災時のどさくさに紛れて憲兵（甘粕大尉）に虐殺されるということがありながら、この事件については古田大二郎らのギロチン社が「報復テロ」事件を起こすということはあっても、「創作作品」として残すということはほとんどなかった。

そんな文学事情下にあって、関東大震災に材を取った作品を宮嶋が二つも残しているということは、特筆していいのではないか。しかも、『悪夢』の方は、震災時に千葉県君津市根本に滞在していた宮嶋が震災の報に接し、房総線の線路伝いに東京の家族の元まで行く途中で、至るところで「炊き出し」に出会い、人情の温かさに触れる一方で、「自警団」に朝鮮人ではないかと疑われた様子などを、リアルに描いていた。このことで、読者は震災後に判明した日頃の「差別」感情に端を発した「朝鮮人大量虐殺」がどのような形で行われたのか、推測することができるのではないか。

また、関東大震災直後に書かれた『真偽』の方も、根も葉もない情報に振り回されて怯える町内会の人々（自警団）を批判し、社会主義者や朝鮮人を暴力的に排除しようとした当時の日本人＝庶民の「愚かさ」を批判した中編で、骨太な宮嶋の批判精神がよく表現された作品、と言うことができる。宮嶋の確かな批評精神と言えば、この中編の後半に四人の朝鮮人を登場させ、彼らがいかに人間的に優れていたかを大胆に記していることである。「それから二十日ばかり後のことである。山野は彼の若い従弟達と一緒に下関行きの記車に乗つてゐた」で始まる『真偽』の後半は、以下のように展開する。少し長くなるが、関東大震災直後に書かれたこの作品が何を訴えていたのかよく判ると思うので、流れが判るように以下を引く。

どの人の口からも語り出される言葉と云ふのは、地震当時の苦痛に満ちた話ばかりである。（中略）

けれどもこの薄暗い汽車の中で、彼の眼を惹いた一組の乗客があった。それは彼の腰掛から、二つ三つ離れた向ふの隅にゐる四人づれの男である。容貌や身体の形などを見ただけでも、彼らは内地の人でないと云ふ事がすぐに判つた。（中略）

汽車が、名古屋についたときには、（中略）山野の乗つて来た車の中も再び満員になつてしまつた時である。乗客専務の車掌が、五十七八になるらしい病人を、介抱しながら、その車の中に入つて来た。そして、

『えゝどなたでも、お若い方で近い停車場でお降りになるような方がありましたら、この病人の方に席を譲つて上げて頂きたいのですが』と叫んだが、最初にそれを云つた時には、乗客の誰もが立たうとしなかつた。誰も彼も恐らく疲れ切つた人々であつたかも知れない。（中略）車掌は再び同じような事を叫んだ、とその瞬間、今まで唖のように黙り通して来た、向ふの隅にゐた四人の人々が、

『さ、こちらへお掛けなさい』と潔く一緒に立つた。そして、一人が、病人の方に近づいて、手を取つてその席に腰をかけさせると、ほかの者は、てんでんに、窓のそとから荷物を受取つて、それを網棚の上にあげたりして、心から親切らしくいたはつてやつてゐた。

震災時に大虐殺が行われたことを知っている朝鮮人にとって、「関わりを持たないこと」こそ「無事」でいられる最大の方法であることを知りながら、人間本来の「優しさ」を発揮して日本人の病人に対処したその「勇気」に対して、宮嶋はこの作品の最後で語り手（山野）に次のような「思い」を抱かせている。

山野は再びその方を見返つたとき、彼等は揃つて汽車の窓から首を出してぢつと病人の方を見返つてゐた。彼等の顔は依然としてもとのように無表情な色をしていた。けれどもその底光りのするような眼に出会つた時、山野は思はず、はつとした。不思議な光を底にひそめてゐるようなその眼の中には、憤怒の炎が燃え上つてゐるのでもなければ、偽善の誇りを蓄えてゐるのでもない。悲痛の涙を隠してゐるとも見えなければ、嘲笑の色を湛えてゐるような風でもなかつた。
（中略）
『あの眼の光りを、もつとよく考へて見なけりやならないのだ』山野は思わず心につぶやいた。そして、あの眼の光を夜警の時の団長にでも見せてやつたら、と思ふと、彼は思わず独りでくすくと笑ひ出した。

ここには、朝鮮人も日本人も「同じ人間」であり、その人間の評価はどんなことを考え行ったかによって決まる、という確固たる宮嶋の人間観が現れている。その意味で、これまで「関東大震災と文学」という主題からも誰にも触れられてこなかったこの『真偽』（及び『悪夢』）の文学的価値は大きい、と言わねばならない。

（6）特記すべき表現活動

労働文学（前期プロレタリア文学）作家として、宮嶋資夫がいかに「柔軟」かつ「多才」であったか、それは以下に示す二つの文学的営為によく表れていた。一つは、宮嶋が作家として活躍していた時代、「芸術派」の拠点雑誌の一つと目されていた「新潮」誌の「新潮合評会」に三度（第三九回〈一九二六・大正一五年一〇月〉、第四四回〈一九二七・昭和二年三月〉、第四六回〈最終回同年五月〉）参加していることとである。

この「新潮合評会」への参加がどういう関係の下で実現したのかは不明だが、一九二〇・大正九年一二月に『暁愁』を発表し、一九二三・大正一二年一一月に『暁愁』を含む短編集『流転』（新進作家叢書三四）を新潮社から刊行したという縁もあったのだろうが、それ以上に宮嶋が当時の文壇によく知られていた作家だったということがあったからではなかったか、と推測される。というのも、当初は一九二四・大正一二年三月号に「創作合評」というタイトルで始まり、一九二四・大正一三年三月号から「新潮合評会」と改題された合評会で、宮嶋の作品は①『その頃のこと』（「中央公論」一九二三・大正一二年八月号）が、「第七回・八月の創作と文壇時事」（同年九月号）で、②『混惑』（「新潮」一九二四・大正一三年四月号）が、「第一三回・四月の創作」（同年五月号）で、

③『二つの事件』(「中央公論」同年七月号)が、「第一六回・七月の創作」(同年八月号)で、④『非流行作家の受けた侮辱』(「中央公論」一九二五・大正一四年六月号)が、「第二六回・既成作家観　六月の創作」(同年七月号)で、⑤『疲れた人々』(「中央公論」一九二六・大正一五年五月号)が、「第三五回・五月の創作評」(同年六月号)で、⑥『誤算』(「新潮」同年九月号)が、自らも出席している「第三九回・九月の創作評」(同年一〇月号)で、⑦『乗合』(「中央公論」一九二七・昭和二年二月号)が、同じく自ら出席している「第四四回・二月の創作評」で取り上げられていた。

因みに「第三九回」の合評会の出席者は、宮嶋を除き徳田秋声、近松秋江、加能作次郎、広津和郎、宇野浩二、谷崎清二、金子洋文、三宅やす子、中村武羅夫(司会)の九名であり、「第四四回」の出席者は、同じく宮嶋を除き新居格、加藤一夫、金子洋文、前田河広一郎、藤森成吉、青野季吉、宮地嘉六の七名で、全員が労働文学・プロレタリア文学系の作家・批評家であった。また、「第四六回」の出席者は、宮嶋の他徳田秋声、久保田万太郎、宇野浩二、広津和郎、室生犀星、宮地嘉六の六名で、宮嶋はいずれの合評会でも他の出席者と丁々発止の議論を展開していて、発言はいかにも「現役」の作家であるという自信にあふれたものであった。

この三回にわたる「新潮合評会」への出席は、宮嶋が「大正文壇」において確かな地位を占めていたことの一つの表れであったが、もう一つ労働文学(前期プロレタリア文学)作家であった宮嶋が当時の文壇で無視できない存在であったことの証明でもあった。このことは、関東大震災後四年の東京をルポした連載「大東京繁盛記」(「東京日日新聞」一九二七・昭和二年三月一五日～一〇月三〇日)に、芥川龍之介や田山花袋、泉鏡花、岸田劉生といった当時を代表する文学者や画家と共に宮嶋も名を連ねていたことからも、よくわかる。「昭和二年の東京のすがた」「大東京のもつ過去の影」「文壇の諸大家の筆の冴え」「画壇第一人者の挿画の妙」という四つのキャッチフレーズの下で始まったこの連載は、連載が終わった翌年の九月に春秋社から「下町編」が、また「山手編」が一二月に刊行され多くの読者を獲得した。以下に「東京日日新聞」連載時における挿絵画家と掲載日、及び「山手編」「下町編」の別を記す。

「丸の内」高浜虚子　画・石井鶴三　一九二七・昭和二年　三月一五日～三一日　山手編
「目黒付近」上司小剣　画・中村岳陵　四月一日～一七日　山手編
「日本橋付近」田山花袋　画・堀進二　四月一九日～五月五日　下町編
「本所両国」芥川龍之介　画・小穴隆二　五月六日～二二日　下町編
「新古細工銀座通」岸田劉生　画・本人　五月二四日～六月一〇日　下町編
「早稲田神楽坂」加能作次郎　画・安宅安五郎　六月一一日～二九日　山手編
「雷門以北」久保田万太郎　画・小村雪岱　六月三〇日～七月一六日　下町編
「深川浅景」泉鏡花　画・鏑木清方　七月一七日～八月七日　下町編
「大川端」吉井勇　画・木村荘八　八月九日～二五日　下町編

「大学界隈」徳田秋声　画・木下孝則　八月二六日〜九月三日　山手編
「上野近辺」藤井浩祐　画・本人　九月四日〜一八日　山手編
「大川風景」北原白秋　画・山本鼎　九月二〇日〜二五日　下町編
「小石川」藤森成吉　画・中川紀元　九月二七日〜一〇月二日　山手編
「四谷、赤坂」宮島（宮嶋）資夫　画・辻永　一〇月四日〜九日　山手編
「神保町辺」谷崎清二　画・田中咄哉　一〇月一一日〜一八日　山手編
「山の手麹町」有島生馬　画・本人　一〇月一九日〜二三日　山手編
「芝、麻布」小山内薫　画・森田恒友　一〇月二五日〜三〇日　山手編

この一覧からは、当時の文壇においてどのような作家が中核を占めていたかがよく分かり、その意味では非常に興味ある「探訪記」だと言える。また、いずれの地区も、関東大震災によって壊滅的な被害を受けた東京の繁華街や名所で、その地がいかに「復興」「変貌」したかを軸に、各所の「今昔」をルポしたものである。その典型は、子供の頃そこに住んでいたという理由で（？）宮嶋が担当した「四谷、赤坂」の次のような文章によく表れていた。

浅草も銀座も上野もいらない、あらゆる需要を一手に供給しようと云ふ、一大デパートメントストアを型造るやうな町の状勢、これが今日の新宿である。新宿御苑があつて片側町であらうと

も、浄水場が控えていようと、手近に多摩川、吉祥寺への近郊があり、四谷、赤坂、牛込から吸収し、遠く甲信、小田原の人々をこゝで食ひ止めやうと云ふ努力である。実に大東京の繁盛を最も顕著に物語つてゐる場所となつた。

先の一覧に労働文学作家・プロレタリア文学作家が一人もいないことを考えると、宮嶋が大正文壇でいかなる位置を占めていたかが自ずとわかるだろう。

第4章

童話作家宮嶋資夫——「自己救済」としての童話

〈1〉その実状

一九一六（大正五）年、発禁処分を受けた『坑夫』で労働文学（前期プロレタリア文学）作家として衝撃的に登場した宮嶋資夫が、少なくない数の童話作品を残していたことは、これまであまり知られてこなかった。『坑夫』を採録した『プロレタリア文学大系』（第一巻　一九五五年一月　三一書房刊）に「社会主義文学から『種蒔く人』まで」と題する解説を書いた小田切秀雄も、また「宮嶋資夫論——刃物の思想」（『実行と芸術』一九六九年　塙書房刊所収）などの先駆的な宮嶋資夫研究を残した森山重雄も、更には「宮嶋資夫」（「思想の科学」一九六一年四月）の秋山清や「宮嶋資夫論」（「文学」一九六五年一一月）の中山和子も、更には比較的新しい水上勲の「宮嶋資夫ノート」（「たうろす」三八、四〇、四一、四三号　一九七八年五月〜一九八〇年一一月）でも、宮嶋と童話との関係には全く言及されていない。

わずかに、前記した森山重雄が『評伝　宮嶋資夫――文学的アナキストの生と死』（一九八四年九月　三一書房刊）の中で、私の「宮嶋資夫の童話」（「大正労働文学研究」第三号　一九七九年一〇月）や『著作集』の第七巻に付した「著作年譜」を基に、「黒古一夫の調査によれば、宮嶋は『金の船』『金の星』にも書く一方、「赤い鳥」にも童話を発表しており、昭和四年一月までに全部で三一篇（延べ四五本）の童話を書いている」、と記しているだけである。しかし、以下のような内容を持つ自伝の『遍歴』を読んでいたはずの森山は、宮嶋の童話作品については一篇も読んでいなかったようで、その作品内容についても、また発表年についても私が作成した「著作年譜」に従うだけで、発表誌の「金の星」や「赤い鳥」も調査せず、宮嶋資夫文学総体の中で童話がどのような位置を占めているのか、全く検証した痕跡を残していない。

　宮嶋は、自伝『遍歴』の中で自分が「童話」を書くことになった経緯について、次のように書いていた。

> 私が『金の星』に童話を書きはじめたのは、当時編輯してゐた野口雨情に《ママ》、彼が紹介してくれたためと思ふ。野口も実に貧乏してゐた。田端の裏長屋のようなところに住み、酒が好きな癖に燗徳利も盃もない有様だつた。彼こそ定九郎のような顔をした男であつた。井沢弘は「去年八月十五夜の晩に」といふ詩を激賞した。これこそ本当の関東情緒だ、と言つてゐた。
> 　童話を書くことは、一番楽しかつた。それで野口とも親しくなつた。『金の星』の社主斉藤佐

次郎には、その後長く世話になつた。（傍点引用者「運動と創作」）

この宮嶋自身の言葉から判るのは、労働文学（前期プロレタリア文学）作家の宮嶋資夫と、「七つの子」や「赤い靴」、「雨降りお月さん」、「シャボン玉」、「青い目の人形」などの童謡で知られる童謡作家（作詞家）野口雨情が、意外と「近い」ところで活動していたという事実である。宮嶋が何故「野口（雨情）と親しくなった」のかは不明だが、野口雨情を介して『金の星』の社主斉藤佐次郎」と知り合い、「その後長く世話になった」という言葉が偽りでなかったのは、以下の私が「調査」した「童話」作品の一覧を見れば、よく判る。

（1）「金の船」（一九一九・大正八年一一月創刊、後一九二二・大正一一年六月より「金の星」と改題）掲載作品

①『奇術師』一九二一・大正一〇年四月
②『銀の鞠』一九二二・大正一一年二月
③『星になつた友を子にした話』同年三月
④『悪い易者』同年四月
⑤『悪い王様と禍の話』同年一〇月
⑥『石臼の上台のない村の話』同年一二月

⑦『水滸伝』（第一回〜第八回）一九二三・大正一二年一月〜八月
⑧『同』（「妙な易者」「支那伝奇」「童話」の副題あり）一九二四・大正一三年三月、四月、五月
⑨『三人の片輪が大蛇を退治した話』一九二五・大正一四年一月
⑩『（理科童話）左官蜂の話　ファーブルの伝記から』同年三月
⑪『（同）蠅取りベンベクス　同』同年四月
（2）「金の船」（資文堂版）掲載作品
①『蟹と蛇』一九二六・大正一五年二月
②『平三の藁』同年一〇月
（3）『赤い鳥』掲載作品
①『太兵衛と極楽』一九二五・大正一四年四月、五月
②『生笹』一九二六・大正一五年二月
③『仁王の力』同年五月
④『郭将軍』同年一二月
⑤『鳥が宝になつた話』一九二七・昭和二年三月
⑥『あたらぬ占』同年五月
⑦『銛の庄吉』同年八月、九月
⑧『マカオの死』同年一一月

⑨『清造と沼』一九二八・昭和三年九月
⑩『人間は恐い』同年三月、四月
⑪『島を釣つた話』同年七月
⑫『消えない火』同年八月
⑬『浜辺の神様』同年一〇月
⑭『天女と悪魔』同年一一月
⑮『海賊と大砲』一九二九・昭和四年一月
（４）「童話」掲載作品
①『不思議な芟《くさかりがま》』一九二四・大正一三年一〇月、一二月
（５）童話集
1『たのしい童話集』（宮嶋蓬洲　一九四一・昭和一六年八月　金の星社）
〈収録作品〉
①『銛と庄吉』②『海の人々』③『清造と沼』④『ある玩具売の爺さん』⑤『底無山の話』⑥『人間はこはい』⑦『潜水王茂雄』
2『底無山』（宮島蓬州　一九四七・昭和二二年一〇月　黎明社）
〈収録作品〉
①『銛の庄吉』②『海の人々』③『清造と沼』④『ある玩具売の爺さん』⑤『底無山』

＊単行本収録作品のうち、『海の人々』、「ある玩具売の爺さん』、『底無山の話（『底無山』）』、『潜水王茂雄』の初出は不明。

〈補〉船木枳郎の『改訂現代児童文学史』（一九六六年四月　文教堂出版刊）によれば、宮嶋は大正末期から昭和初年代にかけて発刊された「幼年倶楽部」、「幼年の友」「コドモノクニ」「コドモアサヒ」「少女画報」「日本少年」等にも童話を発表していたというが、これらの雑誌の調査した号には発見できなかった。しかし、単行本所収作品のうち『海の人々』などの初出が不明であることを考えれば、船木の証言は間違いではなく、未調査の巻号に宮嶋の童話が掲載された可能性は高い。

（6）翻訳

①『ファブル科学知識叢書　田園の悪戯者』（アンリィ・ファブル　宮島資夫訳　一九二七・昭和二年一月　アルス刊）＊本書は、一九二九年〜一九三〇年にかけて刊行された『ファブル科学知識全集』（全一三巻）の「第六巻」に宮島訳の「動物学」を附して刊行される。

②『ファブル科学知識全集五　田園の保護者』（平野威馬雄訳「附人間と動物」宮島資夫訳　一九二九・昭和四年一〇月　アルス刊）

③『ファブル科学知識全集一三　農業科学の話』（安谷寛一訳「附動物学（下）」宮島資夫訳　一九三〇・昭和五年七月　アルス刊」

第三章で詳述した『坑夫』（一九一六・大正五年）に始まって『典籍』（「大衆文芸」一九三一・昭和六年二月、三月）に至る宮嶋の「小説」と、数の上からは匹敵するような数の童話を書いてきた宮嶋であるが、何故これほどまでに数多くの童話を書いてきたのだろうか。宮嶋は、先の『遍歴』の引用にもあったように「童話を書くことは、一番楽しかつた」と言っている。しかし、果たして童話を書き続けていた（仏門に入ってからも童話集を二冊も出している）理由は、「楽しかった」それだけだったのだろうか。

〈2〉大正期の児童文学

大正期の児童文学を語る時、忘れてならないのは、明治末期（一九一一・明治四四年）に創刊された「立川《たつかわ》文庫」の世界に象徴される「武俠」や、「少年世界」（創刊一八九五・明治二八年）や「冒険世界」（創刊一九〇八・明治四一年）の中軸を担った「冒険」小説、あるいは「少女世界」（創刊一九〇六・明治三九年）や「少女の友」（創刊一九〇八・明治四一年）の世界に共通していた「感傷・ロマン」小説と言った刺激的・扇情的な「読み物」に対して、「文芸主義」とも言うべき「芸術性」を追求した雑誌「赤い鳥」が、一九一八・大正七年七月に夏目漱石門下の鈴木三重吉によって創刊されたことである。鈴木三重吉は、「赤い鳥」創刊に際して「会員募集」を行うが、その際に配布された「創刊に関してのプリント」の冒頭に次のような言葉を書き記していた。

私は、森林太郎、泉鏡花、高浜虚子、徳田秋声、島崎藤村、北原白秋、小川未明、小宮豊隆、野上白川、野上弥生子、有島生馬、芥川龍之介の諸氏を始め、現文壇の主要なる作家であり、また文章家としても現代第一流の名手として権威ある多数名家の賛同を得まして、世間の小さな人たちのために、芸術として真価ある純麗な童話と童謡を創作する、最初の運動を起こしたいと思いまして、月刊雑誌「赤い鳥」を主宰発行することに致しました。

そして、創刊号には以下のような「『赤い鳥』の標榜語《モットー》」を掲げた。

○現在世間に流行してゐる子供の読物の最も多くは、その俗悪なる表紙が多面的に象徴してゐる如く、種々の意味に於て、いかにも下劣極まるものである。こんなものが子供の真純を侵害しつゝあるといふことは、単に思考するだけでも怖ろしい。

○西洋人と違つて、われ〳〵日本人は、哀れにも殆未だ嘗て、子供の為に純麗な読み物を授ける、真の芸術家の存在を誇り得た例がない。

○「赤い鳥」は世俗的な下卑た子供の読みものを排除して、子供の純性を保全開発するために、現代第一流の芸術家の真摯なる努力を集め、兼て、若き子供のための創作家の出現を迎ふる、一大区画的運動の先駆である。

○「赤い鳥」は、只単に、話材の純情を誇らんとするのみならず、全誌面の表現そのものに於て、子供の文章の手本を授けんとする。
○今の子供の作文を見よ。少くとも子供の作文の選択さるゝ標準を見よ。子供も大人も、甚だしく、現今の下等なる新聞雑誌記事の表現に毒されてゐる。「赤い鳥」誌上鈴木三重吉選出の「募集作文」は、すべての子供と、子供の教養を引き受けてゐる人々と、その他のすべての国民とに向つて、真個の作文の活例を教へる機関である。
○「赤い鳥」の運動に賛同せる作家は、泉鏡花、小山内薫、徳田秋声、高浜虚子、野上豊一郎、野上弥生子、小宮豊隆、有島生馬、芥川龍之介、北原白秋、島崎藤村、森林太郎、森田草平、鈴木三重吉其外十数名、現代の名作家の全部を網羅してゐる。

この「標榜語（モットー）」を読めば、主宰者の鈴木三重吉が相当な「自負」と「自信」を持って「赤い鳥」を創刊したことが判る。現に、周知のことだが、かの芥川の代表作の一つと言われる『くも（蜘蛛）の糸』は同誌の創刊号に載ったものだし、他にも「標榜語」やその前の「創刊に関してのプリント」に名前が挙げられた「現代の名作家」「現文壇の主要なる作家」たちが、鈴木三重吉の言葉通り、続々と「赤い鳥」に童話や童謡を執筆し続けた。

何故このようなことが起こったのか。それは、「赤い鳥」が創刊された一九一八・大正七年という年を考えれば、この頃が大正期に実現した護憲運動や普通選挙制度制定運動を中心とする民主主義（デモクラシー）社会の実現、つまり「大正デモクラシー」と言われた時代のど真ん中だったこと深い関係にあったと言っても過言ではない。言い方を換えれば、中国で起こった辛亥革命（一九一一・明治四四年）から一九二五（大正一四）年の治安維持法の制定（普通選挙法の公布）までの間の、一九一七（大正六）年のロシア革命やその翌年のドイツ革命と、米騒動を中核とする社会運動によって芽生えた「人権意識」や「自由・平等」の意識などが、「赤い鳥」の創刊を後押ししたということである。

「赤い鳥」の創刊に続いて「金の船」（後「金の星」に改題）が、一九一九（大正八）年一一月に創刊され、「童話」が一九二〇（大正九）年四月に創刊されたのも、「赤い鳥」の成功ということもあったが、大正期になって「大正デモクラシー」社会が実現しつつあったことから、「芸術性の高い」創作童話満載の子供向け雑誌を購読する階層（主に中産階級《プチブル》）が確実に生まれてきていたということの証であった。

先に見た鈴木三重吉の「赤い鳥」の「標榜語」もそうであったが、次に見る「金の船」を創刊した佐藤佐次郎の「創刊の辞」の格調の高さと「赤い鳥」とは違う方向で童話雑誌を創刊するのだという気概こそ、この時代の人々（中間層）の意識の高さを物語るものであった。

　近頃になつて、こどもの読物に新運動が起こりました。此の意義ある運動によつて、惰気満々としてゐたこどもの読物が、どれだけ、改善されたか知れません。従来のこどもの読物は五年前も十年前も、殆ど同じ物で時代と共に少しも進歩してゐませんでした。処が一部の人々の努力によつて、最近こどもの読物が一変しやうとしています。此の尊敬すべき新運動はこどもの読物の詩的、芸術的方面を十分に開拓しました。しかし、惜むらくはこどもに無くてはならぬ道徳的、教訓的方面を閑却してゐる傾があります。その上、程度が高まり過ぎて、こどもの読物らしくない観をさへ呈して来ました。吾々はこの新運動の意義ある方面は何処までも見習つて行きます。併し同時にその足りない方面を補つて行かなければならないと思ふのです。如何に教訓的方面がこどもに必要だからと言つて、吾々は学校で教へる修身を雑誌の上で繰返さうとするのではありません。修身的お話は、学校で毎日聞かせるので沢山です。それ故吾々は仏蘭西などの教科書の様に、面白い童話の中から自ら人として学ばねばならぬ事を教へて行く様なものを発表したいと考へてゐます。併しこの種の話ばかりを掲《かかげ》やうとするのではありません。上品な、快活なユーモラスな話は、こどもになくてはならぬものですから、此の方面にも力を尽くして行く事はもちろんです。（傍点引用者）

（後略）

長い引用になったが、要するに佐藤佐次郎は創刊して約一年余りたった「赤い鳥」の「詩的・芸術的方面」は引き継ぐ価値があるので「見習っていく」が、「赤い鳥」には「道徳的、教訓的方面」が希薄なので、自分たちの「金の船」はその方面を強調したものにしていきたい、ということであった。

一般的に、「赤い鳥」や「金の船」に代表される大正期児童文学の特徴は、先に掲げた『赤い鳥』の標榜語」や『金の船』創刊の辞」などの思想に色濃く出ている「童心主義」にあると言われている。そして、その「童心主義」であるが、児童文学研究者菅忠道はその著『日本の児童文学』(一九五六・昭和三一年四月　大月書店)の中で、以下のように定義している。

子どもに人間性を認め、子どもの心に特殊性を認め、子どもの心に自由で創造的な成長を期待するというのは、封建的な児童観や古い教育観に対すアンチ・テーゼである。(中略)だが、童心主義として、子どもの心の特殊性を絶対化し、場合によってはそれを神秘化してさえいたところに、主観性があった。子どもの特質を認めるのに、一面的な強調という態度がそこにあった。然も、社会的現実のなかで子どもをとらえずに、児童心理の特殊性だけを抽象的にとりだすという弱さがあった。

先の船木枳郎も『改訂現代児童文学史』の中で、「童心とは子ども尊重の人間平等観と同義であり、また童心とは子どもの先天的の英知であり、純真、純情と同義である」と規定していた。しかし、日本の近代における児童文学(民話や子供向け読物も含む)が、中世以来の「説話・昔話＝口承文芸」に底流していた「勧善懲悪主義」に色濃く染まっていた硯友社系の作家巖谷《いわや》小波《さざなみ》の『こがね丸』(一八九一・明治二四年)から始まったとするならば、大正期の「童心主義」が子供を「一個の人格を持った人間」として扱おうとしたことは画期的なことであった、と言っていいだろう。

ただ、同じ「童心主義」を謳いながら、「赤い鳥」と「金の船（金の星）」ではその内容（思想）が微妙に違っていた。「赤い鳥」が「芸術主義＝文芸至上主義」を強調していたのに対して、「金の船（金の星）」は「道徳的・教訓的立場」に立った作品を世に出していくと主張していたのであ る。この「赤い鳥」と「金の船（金の星）」の違いは、期せずしてこの時代（大正期）の童話雑誌の性格を規定することになったとも言える。つまり、大正期の童話は「芸術主義」と「道徳的、教訓的立場」を両端とする幅の内に収まるような内容だったということである。その意味で、宮嶋の童話もその多くが「金の船（金の星）」と「赤い鳥」に掲載されたことを考えれば、その基本的作品傾向は「芸術主義」と「道徳的、教訓的」な作風から逸脱するものではなく、主宰者（鈴木三重吉・佐藤佐次郎）の意を十分に汲むものであった、と言える。

ところで、菅忠道が説く「童心主義の弱さ」という「社会的現実のなかで子どもをとらえる」視点がなかったという点に関してであるが、確かに「赤い鳥」掲載の諸作品など、「芸術」という「真空地帯」の中に子供を置き、「米騒動」や当時頻繁に起こっていた労働争議や小作争議に象徴される大正期の「現実」といっこうに切り結んでいない、という傾向があったことは否めない。しかし、この真っ当過ぎる「童心主義」への菅忠道らの批判も、子供もまた自分たちが生きる現実の圧倒的力に侵食されていて、「無垢」とか「純朴」とか「純真」などといった側面もありながら、そのような気持ち（心の在り様）と同時に、大人社会と同じように「残酷」であり「自己中心的」、「身勝手」、更には私利のためには「大人の顔色をうかがう」といった「醜」の部分もまた保持しているという厳然たる事実を捨象している点で、不十分な子供観であったと言わねばならない。

そして考えなければならないのは、児童文学の成立する原理的な基底には、「赤い鳥」が標榜する「童心主義」、つまり子供も大人と同じように一個の人格を持った存在であるという前提に立ったとしても、それを大人↓子供という固定的、静的な縦関係として捉えることの弊害を考えなければならないということである。つまり、子供も大人もその時代における現実の中で「平等」な存在として生きていることとの認識に基づき、「子供固有」の論理、心情というものが果たして存在するのか、という懐疑が果たして「赤い鳥」や「金の船（金の星）」などが標榜していた大正期「童心主義」の中に存在していたか、ということである。

大正期の「童心主義」については、また別な考え方もある。それは、童話や童謡を与える側、つまり「大人」を「完成」された人間として固定化することによって、「未熟」な子供に対して道徳的、教訓的、啓蒙的、ユートピア（夢に満ちた花園）的な世界を提供する、という「上から目線」をついに払拭できなかったということである。しかし、当たり前のことだが、「完成」された人間存在というものが「幻想」でしかないという現実と連動することでもあるが、「童話」とは言え、それが確かな「表現活動」であるとするならば、そこには必然的に「救済」や「カタルシス（精神の浄化）」という考え方が生じるはずなのに、大正期「童心主義」にはそのような考え方の欠片もなかった、いうことである。鈴木三重吉が「赤い鳥」の創刊に際して当時の文学者たちに配布した「創刊に際してのプリント　童話と童謡を捜索する最初の文学的運動」や『赤い鳥』の標榜語」に、森林太郎（森鷗外）や泉鏡花、島崎藤村、芥川龍之介らの「大家」の名前を羅列したのも、「大家」の名前を利用して読者を獲得しようとした目論見の他に、「大家」を絶対視する考えが鈴木三重吉の中にあったからだろう、と推察される。

〈3〉宮嶋資夫「童話」の特徴

童話の実作者であると同時に戦後の児童文学評論を牽引した古田足日《たるひ》は、『日本児童文学集成第二期　新選日本児童文学八　大正篇』（一九五九年三月　小峰書店）に付された「童心主義の諸問題」の中で、自分は「童心主義の典型は、（ジェームス・マシュー・ベリーの『ピーターパン』のような）英国の空想童話である」と考えるとしながら、大正期の児童文学について、次のように書いた。

未明（小川未明）、広介（浜田広介）、また宮沢賢治の仕事を除く当時の作品を見れば、それらは、ほとんど説話的なものである。説話というものは、神話、伝説、民話など、文献・口碑によるあらゆる伝承の総称だが、大正期の児童文学作品を説話的と感じるのは、説話には珍奇な物語が多い。珍奇、諧謔、滑稽というようなもの、つまり人生との関連よりも子どもにとっておもしろいというものが、大正期には多いのである。さらに、その話の展開は物語的であって、ストーリィは起伏に富む。伝承的な説話の持つ内容・構成と共通したものを持つ作品を、ここで説話的と呼ぶわけである。

そして、説話的な要素を持つ大正期の童話（物語）の書き出しにはある共通の要素があり、それは例えば「むかしある村に、貧乏な小商人がおりました。」（『どろぼう』久米正雄）、「むかし、京都に博雅という笛ふきの名人がいました。」（『ふえ』小島政二郎）、「むかし、猟をするのに火縄銃の使われていたころのことです。」（『むじなの手』中村星湖）、「むかしペルシャの国に、ハムーチャという手品師がいました。」（『手品師』豊島与志雄）のように、「むかし、何々」という形で物語が始まるというのである。

この古田足日の言う「大正期児童文学の特徴は、その説話的物語構造にある」というのは、労働文学（前期プロレタリア文学）作家の宮嶋資夫の童話についても、説話がその底流に「勧善懲悪」的な要素を持っていたことを考慮すれば、かなりの程度で当てはまっていたと言うことができる。

まず、宮嶋資夫の「金の船（金の星）」に書いた「童話」を概観した時、すぐに気づくのは、日本をはじめ中国やインド、或いはタヒチや中央アジアの「古潭」や「古典」、「民話・伝説」に材を取ったものが案外多いということである。「金の星」に一一回にわたって連載した『水滸伝』を筆頭に、中国に古来から伝わる白蓮教の呪術師を主人公にした『奇術師』、力自慢の息子が「魚の精」の下僕にさせられる話の『銀の鞭』、栄耀栄華を恣《ほしいまま》にしていた暴君が「禍」という動物によって滅ぼされる話の『悪い王様と禍の話』、人身御供にされた娘について書かれた『郭将軍』、釈迦の弟子マカオの自己犠牲によって暴君に自らの非を認めさせる『マカオの死』、これらはいずれも「因果応報」や「勧善懲悪」を主題としていて、道徳的・教訓的である。

他に、面白いと思うのは、『蟹と蛇』という浦島伝説と鶴女房伝説を足して二で割ったような話である。これは、「優しい心」を持つ息子が窮地に陥った父親を救うというあらすじを持ち、『金の船』社主の佐藤佐次郎が言う「道徳的・教訓的」を地で行くような作品になっている。また『平三の藁』は、九州大分地方に伝わる昔話「キッチョム話」――とんちを使って幸せをつかむ男の話、何百種ものバリエーションがある――の一つを再話したと思われる作品で、「仏の心」を持つことによって幸せになった男が主人公で、道徳話の典型と言っていいだろう。

一方、創作童話が主流を占めていた「赤い鳥」掲載作品で、特徴的なのは基本的には『金の船(金の星)』掲載作品と同じように「道徳的・教訓的」＝勧善懲悪的思想が濃厚な作品の中に、若い頃の放浪＝労働体験や資本主義社会における労働者の生き方、などを忍び込ませているものが存在することである。例えば、生前に悪行を重ねれば必ず地獄へ落とされるという仏教説話をなぞった『太兵衛と極楽』には、「アルコールだの香料だの、色素などといふものは、ときには人間の体に害を与えも、本当に滋養になるものではありません」などと、大酒飲みであった自身の生活を顧みることなく「健全」を強調する場面が出てくる。これは、宮嶋が実生活とは別に、本気でアルコールの「害」について考えていたということかもしれないが、「子煩悩」であったと言われる宮嶋の「本音」がこのような場面に現れていたと言えるだろう。

また、それまで「無駄な石」だと思われていたものが、坑夫の体験に基づく知識と注意力によって実は貴重なタングステン鉱だとわかる『烏が宝になった話』は、「烏＝黒い石＝タングステン鉱」という鉱山労働者（坑夫）の間で使われていた隠語を見ればわかるように、宮嶋が親戚の経営するタングステン鉱山で働いていた時の経験が生かされている。もう一つ宮嶋の放浪＝労働体験が生かされていると思われる作品に、二冊の童話集に収められている『清造と沼』がある。流行《はや》り病で両親を亡くした少年清造は、職を求めて東京に出てくるが、どこにも雇ってもらえず、空腹のため凧屋の前で倒れてしまう。しかし、親切な凧屋に助けられ、凧や団扇に描く絵の才能を発揮し、終には立派な絵師として成長するというこの「立身出世」物語には、転職を繰り返しながら大杉栄らの「近代思想」グループと出会い、挙句に作家として自立するようになった宮嶋自身の姿が投影されていた、と見ることもできるだろう。

さらに、生業としていた「占い」が当たらなかったために追い詰められ、一念発起して労働者になった男の物語である『あたらぬ占』にもまた、宮嶋自身の体験が反映されていたと考えられるが、とは言え、宮嶋資夫の「童話」について総じて言えるのは、社会への「叛逆」や「憎悪」をバネにした労働文学作品とは「異質」な「常識的」な作品が多かったということである。

〈4〉何故「童話」を書いたのか？

この素朴な疑問に対する解答のヒントになるのは、本章の冒頭に記した自伝『遍歴』（「運動と創作」の項）に記されていた「童話を書くことは、一番楽しかった」という言葉と、もう一つ、高等小学校卒の宮嶋が独学で身に付けた「英語」を駆使して、先に記したように『ファブル科学知識叢書　田園の悪戯者』（アンリィ・ファブル著　一九二七・昭和二年一月　アルス刊。本書は、一九二九年〜一九三〇年にかけてアルスから刊行された『ファブル科学知識全集』（全一三巻）の「第六巻」に宮嶋訳の「動物学」を附して刊行される）や、『ファブル科学知識全集五　田園の保護者』（平野威馬雄訳　「附人間と動物」宮嶋資夫訳　一九二九・昭和四年一〇月　アルス刊）、『ファブル科学知識全集一三　農業科学の話』（安谷寛一訳　「附動物学（下）」宮島資夫訳　一九三〇・昭和五年七月　アルス刊）を翻訳していることである。第一次世界大戦を経て資本主義社会として「成熟」しつつあった大正期の日本を象徴する「ファーブル昆虫記」や「ファーブル科学知識全集」の刊行に、宮嶋が翻訳者として関わっていたのは、「金の船（金の星）」や「赤い鳥」に童謡を発表し続けていた北原白秋——アルスは、白秋の弟（三男）鉄雄が社長を務めていた——を介してのことだったと思うが、「文学」と真逆の自然科学の本を翻訳するという心根には、やはり経済的な問題があったのではないか、と思われる。

宮嶋の六人もの子供を抱え子育てに必死であった妻との原稿料だけが頼りの生活は、常識的に考えて、大変な生活苦を抱えるものだったのではないかと推察できる。その意味で、ほぼ月に一回「童話」を書くことで得られる原稿料は、貴重な収入源だったのではないか。およそ労働文学（前期プロレタリア文学）作家の宮嶋らしからぬ前記したファーブルの昆虫記などの翻訳で得たであろう翻訳料（原稿料）も、また宮嶋一家の生活を支える収入の一つだったはずである。宮嶋資夫の「童話」が、「赤い鳥」（鈴木三重吉）や「金の船（金の星）」（佐藤佐次郎）の思惑＝思想の枠内をほとんど踏み出すことがなかったのも、宮嶋に彼等の思惑（思想）に何ものかを付け加えて「新しい世界」を提示しようというような「野心」がなかったからではなかったか。

それとまた、宮嶋が童話を精力的に書いていた時代は、『坑夫』を発表して作家になろうとした時から基本的には変わっていなかったと言ってもいいのだが、「（革命・労働）運動」と「創作活動」との相克がより激しくなっていた時でもあり、宮嶋の「懊悩」も相当深くなっていた。『遍歴』の「死の恐怖」の項に、次のような記述がある。

私はアナキストであると自ら信じてゐた。主義そのものの実現を希ふ念は、自分自身としては決して疑いなきものと思つてゐた。その実現を欲するために運動もあり宣伝もある。その過程が洋々として流るる如き場合もあれば、奔湍《ほんたん》激流となるときもあるであらう。そしてその流れに抗するものに当つた際には、我を忘じ、全我を捧げて悔いなきに到らなければ、真に主義を信奉し、人にこれを伝える資格なき次第である。即ち主義そのものにもそれだけ価値なきものを、ただ徒《いたずら》に興味をもつて語つたに過ぎないことになつてしまふ。
然るに私は、いまこの激流の中にあつて、我に抵抗するものをそこに見出しつつ、如何ともすることが出来ず、徒に自己をさいなんでゐるに過ぎないのである。元より主義そのものの実現を欲するには、私情に発した復仇の念を満足させて、自己快哉に終るが如き事であつてはならない。忍ぶべきときは忍び、冷静に、何れの日かに実現させることを欲して、そこに生活して行く忍苦の道が大切であらう。が、その道を選ぶべく、私は已《すで》に疲れてゐた。一面に死を欲し、一面に死を怖れてゐた。死を欲するのは、死を怖れてゐたためである。苦悩の日が長くつづいた。已に自己の中心を失つた人間には、創作することはできなかつた。生活は窮した。子供達は生長する。

宮島と深い交流を持っていた詩人で虚無主義者の高橋新吉は、『遍歴』に付された「宮嶋資夫追憶」の中で、次のように言っていた。

宮嶋資夫は学歴もあまりなかつたと思ふが、（中略）
彼ほど、文章を書くことの好きな人もあまりなかつたのではあるまいかと思う。若年の頃、どれほど刻苦勉励したものかは、つまびらかにしないが、独学的にフランス語なども少しやつたやうに思うが、文学一般に対しても並大抵の努力ではなかつたことと思ふ。
彼の交友関係をしらべてもわかるように、労働運動家あり小説家ありホンヤク家ありと言つた具合に広い範囲に亘つてゐた。
　彼は酒を嗜み、よく客を遇した。彼の家には好く人が集まつてゐた。そして社会正義や人道問題を、酒の肴にして、悲憤慷慨してゐた。

　ここから分かるのは、小説であれ童話であれ、宮嶋が「書くこと」でおのれを保ち、生き続ける力を得ていたということに他ならない。言い方を換えれば、宮嶋にとって「書くこと」は、「救い」に通じる唯一の道だったということになる。そうであったが故に、「運動」にも「生活」にも、そして「書くこと＝創作」に行き詰まった末に、京都嵯峨野の天龍寺＝禅寺に駆け込むことになったものと思われる。

第二部——「仏門」生活

第5章　「仏門」に入りて

〈1〉「仏門」へ

　刊行後すぐに発禁となった大正期労働文学の傑作『坑夫』（一九一六・大正五年）を収めた『恨なき殺人』（一九二〇・大正九年六月）以降、堰を切ったように執筆活動を展開するようになった宮嶋資夫であったが、一九三〇（昭和五年）五月、突然作家としての仕事を放擲し、妻と六人の子供（男女三人ずつ）を東京に残して、京都嵯峨野の臨済宗（禅宗）天龍寺派本山天龍寺に入門する。宮嶋が禅門に帰依した理由については、『仏門に入りて』（一九三〇・昭和五年一二月　創元社刊）や『禅に生きる』（一九三二年一一月　大雄閣刊）などに、様々に書いているが、一番わかりやすいのは、やはり『仏門に入りて』所収の「何故仏門に帰依したか」における「まことなる生を求めて」に明らかな、以下のような説明だろう。

転々流浪、生活もこの苦悩の中に四十余年の日子を送つてゐる中には因縁不可思議の現実をも可なりに多く見て来たが、この両三年来の周囲の空気は、たゞそれマルキシズムとナンセンスが代表するに到つては、憂鬱の極度に到達したのである。つまり私は丁度流れをせき止められた水の如き状態になつた。このまゝぢつとしてゐれば、水は自ら腐るであらう。せきを切つて、自己を流動させなければ、たゞそれ悪臭を放つ、泥沼となるばかりだ。私の持つ無常観、私の求むる成果の世界、それへの突進を試みない限り、私は遂に廃物となるのである。然も私は私の求むる宗教の中に、反動的罪悪を認める事が出来なかつた。（傍点原文「何故仏門に帰依したか」）

この「告白」によれば、宮嶋は「アナボル論争」（中央集権的な労働組合連合を提唱するボルシェヴィキ（マルクス・レーニン主義）派と自由連合的な労働組合運動を提唱するアナーキスト派との論争、当初はアナ派が優位であった）を経て、アナ派を代表する大杉栄が関東大震災のどさくさに紛れて憲兵に虐殺されて以降、ボル派が優勢となった労働運動・革命運動の現状に大いなる「不満」を持っていたことになる。「恋愛論」や「自我論」などに関していくらかの行き違いはあったが、思想的には大杉らのアナーキズム（アナルコ・サンジカリズム）に共鳴し、アナ派の活動家と肝胆相照らす仲であった宮嶋にしてみれば、大杉亡き後、労働運動・革命運動だけでなく、労働文学・プロレタリア文学もまた青野季吉や平林初之輔らの文学理論（例えば、青野の「調べた芸術」）に基づいた「文藝戦線」（一九二四・大正一三年六月創刊）の創刊が象徴するように、ボル（マルクス・レーニン主義）派が主導権を握るような状況に対して、「行き詰まり」を感じざるを得なかったということなのだろう。

言い方を換えれば、かつて「第四階級の文学」の中で明らかにした次のような「意欲」（情熱）や「考え方」が今ではどこかに失せてしまった、ということの「告白」だったということになるだろう。

第四階級文学の発生地である今日の第四階級者の生活は悲惨であり暗黒であり、そして彼等がその苦しき境地から一歩を踏み出さうとすれば斯くの如き圧迫と苦痛が直ちに襲ひかゝつてくる。然し乍《なが》ら彼等は、彼等のその生活のため理想の為めに障害であり、悪であるその対立階級の除去と、そして又た、自己自身の誤つた生活を改善せんが為めに、その全力を盡してゐる。こゝに生まれた文学もまたこの彼の悪と自己の悪とを除去し改善する為めに全力を盡して進む文学でなければならない。（「第四階級の文学」）

そして、このような「第四階級の文学」の主張を支える宮嶋の人間観（第四階級者＝労働者観）・資本主義社会の認識（世界観）は、どのようなものであったのか。それは、以下の文章が示すように、抑圧的な生活を強いられるよりも、自分の生命を賭けた「一瞬のテロリズム」を肯定する「激情」的なものであった。

今日の労働階級にある人間が、日々刻々に、その生命を搾取され、その生活意識の全部を奪はれてゐると云ふことは、私に云はせれば、間接に殺人せられてゐると云ふ事だ。――阿部次郎よ、この理屈が判らなかつたら、資本論解説の一冊も読むが好い――自己の生命を奪はれ、なしくづしに人殺しの憂き目に遭ひつゝある時、自分は殺される事が厭であるから、自分は自分の生活を生活したいと云ふ要求を社会に提出した時に、更に与《あた》へられるものは鉄拳と牢獄と失職とである事を判然と意識させられた時、彼等のあるものが斯《かか》るなしくづしの殺人と、圧迫と苦悩の下に日々を送るより寧ろ自己の生命を燃焼された一瞬の中に、全生涯を通じて得られざる恍惚と法悦の中に、自己の生を終りたいと云ふ絶望的テロリズムにまで到達するのも何の不思議もない事である。（同）

しかし、このような「激しさ」が長く続かなかったことは、宮嶋の自己内部に沈潜する性格もあってのことだったと推察されるが、『遍歴』によれば、「文学、芸術の中に全熱情を注ぎ込んで燃焼」することができず、「生命の全部」も感じ得なくなり、「私自身が已に泥沼に落ち込んでゐる幽鬼であるとしか思へな」くなってしまい、ついに以下のような状態になって、天龍寺の門をくぐることになったのである。

遂に私は全く自信を失つてしまつた。自分が今日まで、無政府主義者面をして暮して来たことが、自分に対して耻《はずか》しくなつたのである。自己の全生命をも捧げ得ないといふのは、そこに生き切ることの出来ない道を何によつて人に説き、何によつてその実現を要求するのか。たしかに自分自身に虚偽がある。恐らくは、己の抱く私情の不満を主義の名の下に発散させてゐたに過ぎないのであらう。またその当時の多くの社会運動を見ても、組合が出来たかと思ふと分裂する。分裂に分裂を重ねてゐた。それらの分裂の原因を聞けばすべてが党派的であつた。自己の好む所に集り自己の嫌ふものを排斥する。そして互ひに、彼は独裁的であるとか、横暴であるとか罵り合つてゐるのである。然し誰が真実独裁的でないのか、全く己を捨てて社会革命の道に進んでゐるのかは判らなかつた。そしてそこに見るものは、私の場合と同じく、公正なる正義の名の下に発散される私情であり、私慾であつた。

こうした私情の闘争を反復させてゐたら、いつになつたら真に社会が革正されるのであらうか、私は全く懐疑に陥つた。勿論私は病的であつただらう。こうした焦燥に駆られず、一歩一歩、労働階級の地位を向上させることに心命をそそいで、満足してゐる人もあるであらうが、性急な私は、ただ身心一如の世界が欲しかつた。自分の全生命を捧げ得る道、欲する所はただそれだけである。(「死の恐怖」『遍歴』所収)

「追い詰められた」気持ちというのは、まさにこのような宮嶋の心理を言うのだろうが、それにしても妻と六人の子供をこの現実社会に残しての「決断」、これが「死ぬ（自死）」か「生きる」かのぎりぎりの心位であったことは、当時としては珍しい「自立した女性」として宮嶋と「同志的」な関係にあったと言っていい「妻」宮嶋麗子（ウラ子）の、夫を十分に理解した次のような文章（「夫を仏門に送りて」『仏門に入りて』所収　初出「婦人公論」一九三〇・昭和五年七月号）を読めば、よく判る。


理想と現実との間に、思想と行為との間に、何時も板挟みになつて、懊悩し苦悶してゐるもの、それが彼の赤裸の姿ではなかつたでせうか。

内面的には、冷厳なるメスをあてゝ自己を解剖し、極端にまで自己を鞭打ち虐《さげす》みながらしかもなほ自己の行為をヂャスチファイしやうとした彼、他を責めること甚だ厳にして自ら行為するに甚だルーズだつた彼。

お人好しで、甘ちやんの彼、辛辣で皮肉屋の彼。

労働生活に憧憬しながら、甚だしくエピキュリアンだつた彼。

酒の害毒を痛感して、禁酒の誓ひを立てる口の下から、その効用を賛美する彼。

生一本で馬鹿正直なくせに、日常生活のつまらないことに嘘を吐いて私をごま化す彼。

莫迦に素直な一面があると共に、ひねくれた、ひがみ根性の強かつた彼。

かうして数へ立てると際限もないのが、彼といふ人間です。

これでは宮嶋が「矛盾」に満ち満ちた人物ということになるが、「無名」時代に知り合い、すぐに意気投合して一緒に暮らすようになった夫婦であるが故に、「夫」の苦悩をよく理解し得たのだろう。更に、麗子夫人は「他人に親切な、世話好きの、人なつつこい、センチメンタリストである彼。／我儘な、独断的な、エゴイストである彼。／好く言へば熱情的な、悪く言へば乱暴な、喧嘩つ早い彼。／自己に覓《もと》めて得られないものを、他に強要する彼。／その何れもが、彼といふ人間の、本来の姿でありました。」と書き、宮嶋が「生活」や「労働・革命運動」だけでなく、本業と言うべき「文学＝創作」の世界においても「行き詰っていた」ことについて、次のように書いた。

　彼の衷《うち》には、不断に相せめぎ、相克するところの二つのものがあつたのです。

まことに彼は、生れながらの受難者ともいふべきでせう。

彼は自己に対し、他に対し、あきたりない多くのものを有《も》ちました。さうして最近の彼は、文芸的な仕事に、些《すこし》の感興をも有ち得なくなつたのです。

　一旦失はれた熱情は、もはや再び燃焼する力を有ち得ません。さうした彼の懐疑的態度がもたらすものは、必然的に窮迫せる生活です。さうして不知不識《しらずしらず》の間に彼の衷には、幼時からひそかに養われた求道心が、何時か根を張り枝を茂らせて、もはや刈り取ることが出来ないやうにはびこつてゐたのです。多年の思想的苦悩は、彼を駆つて、仏門に入ることをのみしきりに彼に欲せしむに至つたのです。

毎日毎日「傍」で懊悩・苦吟する夫の姿を見ていたくなかったというのは、妻の「本音」であり、結婚生活を送った経験のある誰もが抱懐する気持ちと言っていいのではないだろうか。決して解決に手を貸すことの出来ない表現者（思想者）独特の「苦悩」に対して、妻ができることは夫の「勝手な」思いと行動を追認することでしかなかったのかもしれない。

なお、ここで宮嶋が陥った文学的な「窮地」は、麗子夫人が言うことに従えば、「（日常的に）自己に対し、他に対し、あきたりない多くのものを有」すという「熱情」は持っていたが、「最近の彼は、文芸的な仕事に、些の感興をも有ち得なくなつた」という現実があったということになる。そこで、敢えて麗子夫人が「文芸的」と言っていることを考慮しつつ、宮嶋の作風や作品内容との関係で、この「窮地＝行き詰まり」の理由について言うならば、それは第一部で縷々述べてきたことであるが、一言で宮嶋資夫という労働文学（前期プロレタリア文学）の作家が、徹頭徹尾「私小説（体験主義）」的作家であったことに帰着するのでないかということである。

言い方を換えれば、労働文学の傑作『坑夫』で出発した宮嶋は、大杉栄ら無政府主義者との交流や労働運動（雑誌や機関誌の発行）の体験をはじめとして、自らの家族のことや放浪し職業を転々とした体験を基にした小説を書いてきたが、仏門に帰依する前の「最後の小説」と言っていい『流浪者の手記（一）（二）』（「矛盾」一九二九・昭和四年一一月号、一九三〇・昭和五年二月号）が象徴しているように、その当時もう「ネタ切れ」状態になっていたと言っても過言ではなかった。『流浪者の手記』は、タイトル通り上方（京都）と東京を行ったり来たりしている「流浪者」の若者を主人公（語り手）とする「手記」の形をとった中編なのだが、以下の韜晦《とうかい》に満ちた主人公の「自己紹介」が如実に語るように、そこから作家宮嶋資夫の方向を見定めることのできるような作品にはなっていない。

小説家の「磯野」から「精神の力のなくなつた人間、つまり精神的腎虚《じんきょ》をした奴」を意味する「虚脱者」と名付けられた主人公は、そのあだ名について自分なりに以下のような位置付けを行う。

精神の腎虚の結果か、親の教育が悪い故か、それともまた、大脳の中枢に何か夥しい欠陥でもある為か、何が何か、俺には少しも判らないが、俺自身の好きな事が、世間に対して悪事になると云ふ事だけは事実らしい。が然し、俺は俺で、特別これ〳〵の事をすれば悪事になるから、従つて悪事と云ふ事が俺の心を喜ばせるから、悪事をしようと云ふやうな量見は、全く毛頭ないのである。たゞ俺自身の生れつきの性格と才能に一番適した方法で、楽々と金を儲け、愉快にそれを使ひたいと云ふ以外には何もない。

主人公は、「俺自身の生れつきの性格と才能に一番適した方法で、楽々と金を儲け、愉快にそれを使ひたい」と嘯《うそぶ》いているが、実際に彼が行っている「悪事」は、京都では社会主義者を名乗り、東京では書店で棚の本を「掻払い＝万引き」するといった「ケチ」なことだけである。その意味では、この『流浪者の手記』を主人公（語り手）の言動に焦点を合わせて読んでも、宮嶋の「作家」から「仏僧」への転向の動機を発見できるわけではない。それよりも、この中編において「狂言回し」的な役割を果たしている「作家の磯野」について、宮嶋がどのように書いているか。こちらの方が、宮嶋の「転向（回心）」に関して示唆に富んでいるように思われる。

思ふに彼のやうな、駄小説を書いてゐる人間の生活と云ふのは何なのだ。人間の弱点、醜悪な行為、愚劣な思念、無意義な闘争、屁のやうな恋愛、犬の如き性欲、猜疑、嫉妬、排擯《はいひん》、その出来不出来にかゝはらずありとあらゆるロクでもない事を、紙上に羅列して売物にする。所がそれを購う者は、この醜悪な事実の羅列を耽読してから、先ず自己の性格と照合する。さうして、やれこゝには人間の内面性が忌憚なく暴露してあるとか、作者の内生活は深刻だとか、その表現がどうだとか、何とか彼んとか、結局自分の罪悪的思念を満足させた程度に於て、様々賛辞を呈してゐるのである。

この「偽悪」的とも言っても過言ではない「作家」への侮蔑は、先の麗子夫人の「夫を仏門に送りて」を読むまでもなく、まさに「作家」を捨てて「仏門」へ帰依しようかどうか「懊悩」していたこの時期の宮嶋の「本音」だったのではないか。なお、この時期に書かれた「正しく強く」（初

出不詳　ただし、前後に収録された文章との関係から一九二八・昭和三年の夏ごろに書かれたものと推測される。『仏門に入りて』所収）に、繰り返し「マンネリズム」という言葉が出てくる。この時期の宮嶋が自分の作品に「マンネリズム」を感じ、そのことで「作家」としての自分の前途に関して「悲観的」になっていた、ということは十分に考えられる。

それにしても、自分の小説やエッセイを「ロクでもない事を、紙上に羅列して売物にする」ものだと断ぜざるを得ないまでに「追い詰められた」宮嶋、ここから天龍寺の山門をくぐるまでにほとんど時間がかからなかったのではないか。先と同じ「夫を仏門に送りて」の中の次のような言葉こそ、当時の宮嶋（と麗子夫人）がいかなる心境にあったかを如実に語るものであった、と言っていいだろう。

一たび其処《そこ》に思ひ到ると、当つてくだけるまでは、いかにしても心を転換し得ないのが彼といふ男です。私もこれ以上、彼とともに苦しみ、倶《とも》に悩むには堪えません。私は竟《つい》に勧めて、彼に最後の決心を促したのです。

正法眼蔵を座右にして絶えずひもとき、寒山拾得を愛唱し、幸田露伴の「活死人」に傾倒した彼は、今や勇躍して禅僧の生活に入ることになつたのです。

勿論欣求浄土、厭離穢土といふやうな、消極的な諦めから、彼がこの道を選んだものではないことは明かです。否、決死的跳躍によつてのみ、彼岸に到達し得べき、艱難極りなき道であります。大勇猛心を奮ひ起して、一路専念精進すべきことを望んでゐます。かくて救世済民といふが如き、大それた望みは有ち得なくとも、尠《すくな》くも何等か人心の指標となるべきあるものが、彼の努力精進から生れ出ることを祈つて止みません。

宮嶋と夫人の麗子が、大逆事件後の厳しい「冬の時代」にあって、大杉栄ら無政府主義者が主導する反体制運動（労働運動・革命運動）における「同志」的な関係から結婚に至ったことは夙《つと》に知られているが、長い間自分の「懊悩」や行動を傍で見て来てくれた「人生の伴侶」から、このような「励まし」というか「協力」を得られれば、誰だって俗世間との「絶縁」を決断することができたのではないか。その意味で、麗子の「夫を仏門に送りて」の次のような最後の言葉は、何事にも勝る宮嶋への「応援歌」に他ならなかったと言っていいだろう。

その彼に、今や完全に孤立に徹し得る時が来たのです。彼の発心をして、無意義に終らしめたくないと、今はたゞそれのみを念願してゐる次第です。同棲十七年、お互ひに第一期の苦闘は終りを告げました。明るい正しい人生を創造するために、新たな熱情をもつて、それ〴〵の途に力強く進出しなければなりません。

〈2〉「禅」——「死」との格闘

宮嶋の「仏門への帰依」は、創作（文学）においても、また「生活」においても「行き詰った」末のことであった、と一応理解できるが、『遍歴』や『仏門に入りて』に収められた「何故仏門に帰依したか」や「私を語る」のいくつかのエッセイを読むと、宮嶋が創作や生活の「行き詰まり」という表層の「懊悩」とは別に、若い時からの「宿痾」と言ってもいい「死への誘惑」をいかに断ち切るか、そこに「禅門」へ入る「真の動機」があったように思えてならない。「私を語る」（初出不詳、ただし有島武郎の心中死や関東大震災時における大杉栄の虐殺事件などのことが書かれ、文中に「四十歳病」という言葉があることから、一九二六・大正一五年前後に書かれた文章と思われる）を読むと、そのことがよく分かる。

最近の自分は、と訊かれゝば、病み上がりの半病人みたいな状態だと答えるよりほかに途はない。極度に死を怖れるが故に人生を厭離すべくつとめた僕は五六年来、ただ暗黒への道をたどつた。泥沼の中であがくような行程だ。要求と行為が争った（○）目的は明るい。が然し遠い。果しないトンネルのような暗さに脅かされてゐたのである。

高尾（平兵衛―引用者加筆）が殺された。有島氏（武郎――同）が死んだ。久坂卯之助の凍死以来、親しい人が如何に多く死んだことか。――震災があつた。大杉が殺された。自分の心の命令は、平素の決意は――そこで病勢は高まつて行く。加之《これにくわえる》に四十歳病と云ふいやな年代だ。

（中略）

然しながら、無明なく、無明の盡るなし、とは心経（般若心経―同）の文句である（。）盡る時なき闘争である（。）何が何を克服するか、争へ、争へと心は叫ぶ、が如何せん、疲弊、困憊、倦怠、萎縮――微弱な自分がいやになつて来ると死にたくなる。世の中がいやになつたからではない。けちな自分がいやになるからである。（補注：（。）は引用者が補った）

句読点が正しく打てないくらいに「心乱れて」いたのかと思えるほどに、自分が陥った「窮状」を訴える文章であるが、要するにこの文章で宮嶋が訴えていることは、「建前」としては矛盾や不正に満ちた社会との「闘争」を強く思っているが、「疲弊、困憊、倦怠、萎縮」、言い方を換えれば「微弱」な状態に陥ってしまった自分は、内に湧出してくる「死の誘惑」のことばかり考えている、ということになるだろう。

思い起こせば、職を転々としていた「放浪時代」、宮嶋は恋愛した女性と「心中」し、自分だけ生き残る、という経験をしている。また、「土方」をしていた時には、「何のために生きているのかわからない生活」、つまり「いつ死んでもいい」ような生活をしていた。そんな「死」と隣り合わせのような生活から自分を救ってくれたのが、大杉栄や荒畑寒村らの「近代思想」であり、彼等が開いていた「サンジカリズム研究会」と、そこで出逢った妻の麗子であった。具体的には、大杉等が唱える「叛逆美」「憎悪美」の無政府主義思想にこそ革命の本道があると思い、また労働運動の可能性があると感じた宮嶋は、そこに「生きる方向」を見出したということである。

さらに言えば、「近代思想」（と「サンジカリズム研究会」）や大杉栄らと出会うことで、生涯の伴侶となる麗子（ウラ子）と知り合い結婚することになったが、「死」と隣り合わせの生を送ってきた宮嶋にとって、日露戦争に際して「反戦論」を唱えた幸徳秋水や堺利彦を擁していた万朝報社が出していた「婦人評論」（一九一二・大正元年創刊）の記者をしていた麗子との出会いは、「生死」の間を揺れ動いていた宮嶋を「生」の方へと強力に押しやる出来事にほかならなかった、と言っていいだろう。職を転々とし、若い女性と心中事件を起こすなどして「家族」に迷惑ばかりかけていた宮嶋は、「近代思想」に近づくことで、初めて麗子という「理解者」を得ることができたのである。つまり、宮嶋が自分の歩んできた「過去」と今生きている現実を素材に、「自分は何者であるのか」との問いを内に秘めた作品を次々と書くことができたのも、みな「近代思想」（大杉栄や荒畑寒村ら）と出会い、麗子と邂逅したが故だったのではないかということである。

そんな宮嶋であったが、麗子と結婚して十余年、「愛、妻子のほかに出でざるものは痴なり。と眉山（川上眉山＝一九〇八・明治四一年六月一五日、文学的行き詰まりからカミソリで喉を切って自殺。享年四〇歳――引用者注）は云つたが遂に自殺した。何か考えるとそれを思い出す。」（「私を語る」）とまで思い詰めるようになる。宮嶋は、自分が文学的に行き詰っていたことに自覚的だったのである。すでに何度も指摘してきたことだが、「労働文学（前期プロレタリア文学）」の作家として出発しながら、本質的には「私小説」作家、つまり「体験」を基に「もう一つの世界＝作品世界」を構築してきた宮嶋にとって、その「私小説」的作品の中に「真実」があるとの強い思いがあり、そうであったが故に「想像力」を基に「架空の世界＝創造世界」を作り上げることなど、ほとんど考えつかなかった。そのことは、宮嶋の数ある作品の中で最も「虚構性」の強いと言っていい『金』（一九二六・大正一五年四月　後『黄金曼陀羅』と改題）も、宮嶋が放浪時代に何度も関わりを持った「相場師」の世界を基にしたもので、たぶんこの長編の軸となっている「恋愛」（悲恋）物語も、相場師時代に見聞したことを基にしたのではないか、と思われる。

その意味で、宮嶋が「死」にまとわりつかれていると自覚しながら、それでも「自殺はいやだ」（「私を語る」）と言わざるを得なかったのも、それだけ「生への執着」が強かったということなのだろうか。文中に「恭次郎の会は愉快だった」とあることから、一九一五（大正一四）年一一月六日に開かれた萩原恭次郎の第一詩集『死刑宣告』（同年一〇月一八日　長隆舎書店刊）の出版記念会の後のものだろうと推測できる「愚・痴」（初出不詳　『仏門に入りて』所収）は、奇妙な文章である。「死と云ふものが長い間僕の心を脅かした。命は丁度金のやうなものとしか思はれない。金が入ると使ひたくつて堪らないのだ。（中略）命なんかいるもんか、一人でぼんやり考へ込んでゐる時でも、多勢で酒を飲んでゐるときでも僕はよく考へる。無茶なこともやつてみる。」で始まり、次のような文章で終わる。

一の希願。果されない中に粉々になつて飛んでしまつた一つの希願。
空つぽから何が生まれる。生まれるか生まれないか、空虚の征服。
だが然し、苦しいつたつて苦しくなくつたつて要するに自分だけの問題だ。悲鳴を上げるのはつまらない。歯を喰いしばつて――

「希願」を失い「絶望」的になり、「死」を意識しながら、しかしそれでも「死」への誘惑には何とか抗おうとする背反する気持ちを持ち続けていたこの時代の宮嶋、たぶん自分で自分の気持ちを処理できず、持て余していたと思われる。その意味で、「救い」を求めて仏門に入るのは時間の問題でもあった、と言っていいかも知れない。

しかし、ここで宮嶋の入門したお寺（宗派）が、何故臨済宗（禅宗）の天龍寺であって、若い頃に一度目は単身で二度目は家族と共に僧坊暮らしをした天台宗の延暦寺ではなかったのか、という疑問が残る。宮嶋自身は、『仏門に入りて』や『禅に生くる』などの著作で、そのことについて明確に説明していない。そのため、宮嶋が出家先に天龍寺を選んだ理由については推測するしかないのだが、表層的には比叡山暮らしをしていた時代に知り合いになった（世話になった）京都の笹井静一が、天龍寺の檀徒であり、管主と親しかったから、ということになる。だが、真の理由は麗子夫人が「夫を仏門に送りて」の中で書いていることだが、宮嶋が「正法眼蔵を座右にして絶えずひもとき、寒山拾得を愛誦し、幸田露伴の『活死人』に傾倒し」ていたところにあったのではないか、と考えられる。

周知のように、『正法眼蔵』は日本における曹洞宗（禅）の開祖道元が著した仏典であり、「寒山拾得」については唐代の脱俗を貫いた二人の優れた「詩僧」（寒山と拾得）が書いた詩作のことを指している。宮嶋が『正法眼蔵』を紐解き、「寒山拾得」の詩を「愛誦」していたというのも、そこに「禅」の精神――求道者自らが「悟り」を開くこと――があると思ってのことだった、ということができる。故に、これらの「仏典」や「詩」に親しんでいたことが天龍寺（禅宗）入門のきっかけになったのだろう、ということは納得がいく。そこで気になるのが、幸田露伴の『活死人』（「改造」一九二六・大正一五年五月号）のことである。この幸田露伴の「史伝」の一つに数えられる『活死人』は、道教の一派（と言われているが、実際は「道教」「儒教」「仏教（禅宗）」の三教一致を唱え、自己の救済のみならず他者の救済も実践した）「全身教」の開祖王重陽（王害風）が、その「詩作」の中で自分のことを繰り返し「活死人」（生きてはいるが死んだも同然の人間）と言ったその精神の在り方について書いたものである。

何故、宮嶋はこの幸田露伴の『活死人』に「傾倒」していたのか。それは、「活死人」王重陽（害風）が自分と同じように、今ある自分の境遇（社会の中での在り方）に不満を抱き、失意のうちに酒に溺れる生活を続けていたが、四八歳の時「回心」の決意を固め、妻子を捨て、「道士」の道を歩むようになったとその生き方に「共感」したからではなかったか、ということである。また、「活死人」王重陽は、南時村という辺鄙な場所に深さ四メートルの穴を掘り、その穴の中で二年半も厳しい修行をしたと伝えられているが、宮嶋は王重陽に自分を重ね、仏門における厳しい修行を「覚悟」した、とも考えられる。

いずれにしろ、宮嶋は様々な契機を得て「仏門」に入るのだが、その根底にあったのは、一三歳の時に砂糖問屋の小僧となって以来、時には母親や義兄の助けを受けることがあっても、基本的には「自立＝自活」せざるを得なかった宮嶋の生き方が、「自力本願」を旨とする禅宗（臨済宗・天龍寺）を選ばせたのではないか、そして、その際禅の宗派の違いについては曹洞宗か臨済宗かは特にこの時点では拘りはなかったのではないか。また現在、様々な宗派に分流している日本仏教における「自力」「他力」に関しては、単純に禅宗諸派が「自力本願」で、浄土宗や浄土真宗などが「他力本願」であるなどと決めつけることはできないのであるが、宮嶋が生きた時代にあっては、一般的に禅宗諸派は「自力本願」で、日本で一番多くの檀家を抱えている浄土真宗などは「他力本願」を旨としていた、と考えていいのではないか——。

第6章
ベストセラー『禅に生くる』の秘密

「作家」としての行く末に「行き止まり（行き詰まり）」感を持つようになり、「酒と喧嘩」の日々を過ごした末に、思い余って京都嵯峨野の天龍寺の門をくぐったのが、一九三〇（昭和五）年の五月。宮嶋は、すでに四五歳になっており、天龍寺の門をくぐったからと言って、「寺の跡取り」でもない小説家がすぐさま「禅僧」になれる程「甘い」世界ではないことを嫌という程思い知らされることになる。宮嶋は、禅寺（天龍寺）の「しきたり」や「習慣」に慣れるまで、とりあえず「試験的」に、宮嶋が比叡山生活を送っていた時に知り合った笹井末三郎の家族が天龍寺に寄贈した毘沙門堂に住み、禅寺生活の何たるかを学ぶことにした。そうすることで、前章で詳しく見てきた「死」の誘惑を絶ち切り、いよいよこれから「生＝生き抜く」方向へ一歩踏み出したのだという実感を得ようとしたと思われる。宮嶋は、妻子と別れ、毘沙門堂の生活を始めた頃の心境を綴った「限りなき希望へ」（『仏門に入りて』所収）の中で、次のように言っていた。

嘗《かつ》て天龍寺本山で、関清拙老師の許に数名のジャーナリストが集つた時、席上老師が揮毫された中に、莫妄想と云ふ文句の物が一枚あつたが、ジャーナリスト諸君の中誰れ一人之れを取る者がいないので、老師が、その不審を訊ねられたら、『妄想なしでは、仕事が出来なくなつてしまふ』と答へたと云ふ話を聞いた。

僧堂の生活はこれと全く反対である。従つて情操の枯渇の如く、想念の流露しない境地を透過する事も止むを得ない。大死一番して大活現成したら、どんな余裕が生じるか、それは現今の私にはてんで問題にすらならない。

たゞ、振り捨てようともがきながら、重圧の重さに悩む妄念を背中に負ふて頂きのみえない、孤危の峻峰へ一歩登つては五歩ずり落ち、十歩進んでは五歩退きと云ふ状態で、足下を見つめて進むより外に道はないのである。

一見希望のないようにして無限の希望がそこに生じ、社会奉仕に欠ける謗《そし》りを受けながら、大法奉仕の使命によつて、有為の善根以上の使命を感じ得る所に、私は言語を絶した法悦を感じ得る者である。

このような「意気込み＝覚悟」が、実際の「禅」修行とかなり懸け離れたものであることは、後に書かれることになる『禅に生くる』などを読むと歴然とするのだが、それはそれとして、天龍寺へ入門した当時の宮嶋が修行僧（禅僧）生活という「新しい世界」に入っていくことに「希望」

を持ち、興奮していたことは間違いない。同じ「限りなき希望へ」の中の、次のような「自戒」と「自負」が綯い交ぜになったような言葉が、当時の宮嶋の心のうちを如実に物語っていたと言っていいだろう。

舞台の山寺に漂うセンチメント、ひそかに文学上によつて憧憬する禅僧の枯淡、静寂、世の宗教を罵《ののし》る人々は、多く斯る軽安な安住地に遁避《とんぴ》しようとする人々の態度を攻撃するのであるが、真個禅家の真精神には、之を禁忌する事糞尿よりも甚だしいものである。而して、私と雖も妻子と離れ、身命を賭して禅門に入るに到つた志に於ては、断じて生悟りの境地を拒否し、行《(ママ)》けるか死ぬか、の覚悟は十分に抱いて来た筈であつたのに、この一句（寒山詩中の一句「茫然一場愁」のこと――引用者注）に対してもまだ、真正の理解を得る事が出来ず、来西の途上に到るまで、得々として下手糞な字を書きなぐつた事を思ふ毎に、流汗肌を湿すのである。

宮嶋は、寒山詩の「茫然一場愁」に関して、天龍寺に入って管長関清拙老師の講義を聴くまで、「彼れを想ひ、此れを想ひ、想ひ想つても終に窮極に到つて残る処はたゞ実に、茫然たる一場の愁以外の何物ない。どうせ人生なんて解らないもんだ、誰も彼も、このまんまで好いんぢゃないか」という「江戸末期の頽廃的」な解釈をして自己満足していたが、それは「生悟り」（いい加減）というもので、一事が万事そのような「生悟り」の状態で暮らしていた、と反省する。

だからなのか、一度は「筆を折る＝小説や随筆などを書かない」と決意しながら、版元（出版社や雑誌社）からの要請及び東京に残した妻子の「生活費」確保ということがあってのことだと推測するが、仏門に入ってから、次々と「禅」についての書を著す。それらを単行本に限定して記せば、以下のようになる。

（1）『仏門に入りて』（一九三〇・昭和五年一二月　創元社刊）※ただし、この本には天龍寺に入門する前に書いたエッセイが多数含まれている。
（2）『禅に生くる』（一九三二・昭和七年一一月　大雄閣刊）函入りハードカバー
（3）『続編　禅に生くる』（一九三三・昭和八年一一月　同）同
（5）『雲水は語る』（一九三四・昭和九年二月　同）同
（4）『華厳経』（「仏教聖典を語る叢書三」一九三五・昭和一〇年三月　大東出版社刊）
（5）『禅に生くる』（一九三六・昭和一一年七月　読書新聞太洋社刊）ソフトカバー
（6）『禅に生くる』（正続　同　巧人社刊〈大阪市〉）※（5）（6）とも「序」に「前出版元たる大雄閣の手を離れて、厚生閣から出版することとなった」と書かれているが、「厚生閣版」は、これまでのところ見ることができない。また、読書新聞太洋社版とこの巧人社版は発行日が同じだが、両出版社がどういう関係にあったのか、全く不明である。ハードカバー
（7）『続　禅に生くる』（一九三七・昭和一二年三月　読書新聞太洋社刊）ソフトカバー
（8）『新編　禅に生くる』（一九四一・昭和一六年二月　大法輪閣刊）

(9)『禅に生くる』(同年二月　創造社刊)※正続合わせた一巻本。ハードカバー
(10)『坐禅への道』(一九四三・昭和一八年一月　堀書店刊)
(11)『勇猛禅の鈴木正三』(同年一二月　大法輪閣刊)

四五歳にして初めて禅の修行を始めた者が、およそ一〇年間で「一一冊(一二冊)」の「禅」や仏教に関する書物を著すというのは、これまでの仏教界にはほとんど無かったことだったのではないか。しかも、手元にある『禅に生くる』の奥付を見てみると、「正編」は一番多いもので「六五版」を数え、続編は「三七版」を数えることができる。例えば、太平洋戦争のさなかに刊行された『坐禅への道』の初刷りが「三〇〇〇部」になっていることを考えると、『禅に生くる』(正続)が刊行された一九三五・昭和一〇年前後は、近代文学史では「文芸復興期」と言われ、プロレタリア文学は「転向の時代」に入っていたが、代わって横光利一や川端康成たちの新感覚派が一世を風靡するようになっていて、「本が読まれる時代」と言われていた。そのことを考えると、『禅に生くる』の初刷り部数は『坐禅への道』より多かったのではないか。それが「六五版」にまで増刷されたのは、仮に二刷り以降が現代とは違って一回に付き「三〇〇〇〜五〇〇〇部」を増刷していたとしても、宮嶋の『禅に生くる』(正続)は、相当数の読者を獲得していたことになる。しかも、版元を代えて四回も刊行されたということは、ある意味「異常」であったと言わねばならない。

では、何故『禅に生くる』は多くの読者を獲得することが出来たのか。考えられる最大の理由は、この『禅に生くる』(正続)が書店の店頭に並んでいた時代は、一九三一(昭和六)年九月一八日

に満州（中国東北部）の奉天（現瀋陽）郊外の柳条湖の南満州鉄道で起こった爆破事件をきっかけとする「満州事変」に始まる「一五年戦争」下ということもあり、平時よりも「死」が身近に感じられていたということが考えられる。つまり、中国大陸で繰り広げられていたいつ終わるかわからない「戦時下」にあって、文学上、生活上の「行き詰まり」感が高まり、そのような心的状況から生じる「死」への恐怖・誘惑を克服すべく禅門に飛び込んだ宮嶋の心位に、共感する人が少なくなかったから、ということである。別な言い方をすれば、「戦争の時代」にあって、誰もが「死の恐怖」から逃れようとしながらも、その方法が見つからなかった時、一人宮嶋が幼い時から「縁があった」からと言って、「仏門（禅門）」に入ることによって切り抜けた事実を人々は知り、いくらかでも「死の恐怖」から逃れる方法の一端を知ろうとしたのではないかということである。

結論的に言えば、「死」を身近に感じられた時代が『禅に生くる』（正続）のベストセラー化を後押ししたのではないか、ということになる。この「時代（戦争）と宗教（禅宗）」との関係について、一か所だけだが宮嶋は『続　禅に生くる』（一九三三・昭和八年刊）の中の「刹那」の項で、言及していた。

近頃は日本も国難に当面してゐると盛んに唱へられる、非常時であるといふのである。乾坤一擲の気運が、目睫の間に迫つて来たやうである。防空演習がある。爆撃機が脳中に浮ぶ。皮膚に浸潤する猛烈な毒瓦斯の脅威が説げられる。身を捧げて国に殉ずる気概はあつても、不安の気は人心を襲ひ、生死の念は自ら去来するに至つて、その一面に禅風が盛んになりつゝあるといふことである。古来、乱世の初めには、禅が起こり、乱の極に達すると浄土教の気風がみなぎる、といふ事を先輩から聞いた事がある。つまり難局に当面すると、断の威力を欲し、難極つて、現世を厭《いと》い、来世を欣求《ごんぐ》する人心の現はれだ、といふ事である。

このような物言いに、かつて文学者（作家）であった者の状況把握能力の高さを見ることもできるが、この一文はそのような「過去」によって養われた能力の問題よりも、仏門に入ったからと言って「時代（状況）」に背を向けて「隠遁」を決め込むのではなく、いつでもどこでも「時代」の動向を凝視し続けた宮嶋の「生きる」姿勢の変わらなさ、という観点から高く評価されるべきである。

なお、宮嶋の「戦争」観についてであるが、『雲水は語る』（一九三四・昭和九年刊）所収の「山を下りて」という「人間の変化」について触れた章に、以下のような文章があることを付け加えておく。

といつて私は、幸福な生活の問題を自家の上にのみ限つて考慮する人間では断じてないと、自己に対して深く信じた場合もあつたのである。社会運動の端くれに身を投じた時代には、今日の如く、プロレタリアの勢力もなく、労働者などゝいへば、却つて労働者自身から反感を持たれるやうな暗鬱な時代であつたが、当時の私は、たゞ主義と運動の為に捨身放命を欲してゐた。私はまた国家をも熱愛した。実に矛盾した論理の上に跳躍した。
恩愛を痛切に身に感ずる人間は、自ら国家を愛する事になるのは当然の帰結である。国家と無政府主義の間に横たはる深いギャップはこれ亦、長い間私を苛んだ。茲《ここ》にもまた、私をして、身心一如を求めさせる深い理由が横たはつてゐた。従つて私は、今もなほ国家を深く熱愛している。満州に事変が起れば、皇軍の勝利を望んでやまない。時には人から、ファッショになつたといはれる程である。万一にも世界大戦が始つたら、従軍することも敢えて辞せない覚悟すら持つている。自体、我等の祖国ロシアを守れ――などゝいふスローガンに反感を持ち、反動の役割などゝいはれたのすらもう数年の昔になる。今もなお変らない。

この文章から、「批評の神様」と言われた小林秀雄が一九四〇（昭和一五）年、文芸家協会の会長菊池寛の提唱による「文芸銃後運動」の講演で、「戦いが始まった以上、いつ銃を取らねばならぬかわからぬ、その時が来たら自分は喜んで祖国のために銃を取るだろう」（「文学と自分」一九四〇・昭和一五年一一月）といった言葉を思い出す人も多いだろう。「人を活かす」（人間はいかに生きていくべきか）ことを目的とする文学に関わる人間が、いざ戦争になったら「反戦平和」を訴えるのではなく、「一国民として銃を取る」と宣言する、「戦争」というものがいかに非人間的行為の極北にあるか、改めて考えざるを得ない。ただ、宮嶋は先の引用に続けて次のようにも書いており、

「宗教家」としての自分の役割も自覚していたことも書いておく必要があるだろう。

けれどもまた、宗教に身を置く今日となつて見ると、皇軍の勝利は心から祈り、その栄ある結果を心から祝ふものであるが、それと同時に、あの支那の、数万の人間が同じく戦死して、死して何の光栄なき霊に対して、宗教家であるならば、日本宗教家として、これを弔ってやる位の事を提議すべきが、当然の行為ではあるまいかとも深く考へるところである。

なお更に言えば、この『雲水は語る』や先の『禅に生くる』（正続）が刊行された一九三三（昭和八）～一九三四（昭和九）年という時代は、「戦争の時代」であると同時に、社会運動史的・文学史的には大きな枠組みでは宮嶋も所属していた反体制（労働）運動・プロレタリア文学運動が、相次ぐ権力による弾圧を受け、獄中にいた当時の日本共産党幹部佐野学と鍋山貞親による「共同被告同志に告げる書」（いわゆる「転向声明」）が出されたのを機に、多くが「転向の季節」を迎えるようになっていたということも、忘れるわけにはいかない。そのことを踏まえれば、宮嶋の天龍寺入門に伴って派生した『禅に生くる』（正続）や『雲水は語る』のベストセラー化は、宮嶋の「逃亡・隠遁」生活を知りたいと思う「野次馬」的興味の結果であった、とも考えられるのである。

そして、『禅に生くる』（正続）などが読者から歓迎されたもう一つの理由として考えられるのは、それまで「作家」として活躍していた中年男の「禅」修行のあれこれが、「体験」に即して比較的平易に綴られていたことである。換言すれば、寺門の向こう側で行われていた「僧侶になる＝出家する」修行の実際が、『禅に生くる』などの著作に解りやすく書かれていたということである。

因みに、『禅に生くる』正編の「目次」は、「序」「僧堂」「居士禅」「提唱」「得度」「掛錫まで」「托鉢」「天心場」「食事」「接心」「臘八」「冬至当夜」の一二章、続編の方は「序」「何が辛いか」「妄想（一）」「妄想（二）」「妄想（三）」「刹那」「自我の潰滅」「入室」「入室　公案（一）」「入室　公案（二）」「理智」「超凡越聖」「鍛錬」「洞然」の一四章、という構成になっている。ここで急いで書き加えておかなければならないのは、何回か版を変えた『禅に生くる』（正続）の「序」に「三通り」——正確には③の「読書新聞太洋社版」の「序」に「今、此の二書を合して、普及版として再び世に送るに当つて、著作当時の心持を回顧して此処に記した次第である」を加えた「創造社版」の「四通り」存在する——ということである。先の一覧に従えば、①最初の「大雄閣版」の「正編」と②「続編」、そして③「読書新聞太洋社版」の正編・続編および「巧人社版」、の三通りである。それぞれ刊行時期によって経験がもたらす「心境の変化」があってのことだと思うが、その「序」の「書き出し」の部分を見ただけでも、宮嶋が「禅」に対して何を求めていたか透けて見えてくるように思われる。

まず最初の版である①は、次のような段落から始まる。少し長くなるが、宮嶋の心の内が判るので、以下に引く。

下らん事にこだわりたくないと思ひ始めたのは、何年以前のことか已《すで》に記憶にもなくなつてゐる。或は過去の過去際から、こだわりたくないにこだわつてゐたものかも知れない。

その中に、どうせこだわるなら、こだわれるだけこだわつてやれと思ふやうになつた。生悟りはいやだ。こだわつて、こだわつて、こだわり抜いて死んでやれと思ふやうになつた。生命にこだわり、死にこだわり、主義にこだわり、愛着にこだわり、友人にこだわり、金にこだわり、食物にこだわり、酒にこだわり、こだわれるだけこだわつた。

こだわる者は、結局は対象に反感を持つ。出発点が小我なるが故である。斯て、社会に反感を持ち、主義に背き、友人に離れ、生活に参り、思想に行詰る。最後に孤独の一点に達した時、発見したのは、対象にこだわると、感じてゐた生活が、要するに己れの持つ愚痴煩悩、つまり習気にこだわつてゐた事である。私憤の発した主義を公憤と自任し、エゴイズムの対象とした友情を真愛と誤認し、その他何れも然りである。人間は己れの持たざるものは認識する事は出来難い。

要するに、俗世間にいた時に「こだわり続けていた」ものや考え方が、僧堂に入ったことによって「何の意味もない」ことだと理解できたということだが、②の「大雄閣版」の続編の「序」は、時代を映していたというか、先の「十五年戦争」との関係で引用した文章で使われていた「非常時」を導入に使った、以下のような文章になっていた。

仏、言く、天地を観ずるに非常と念じ、世界を観ずるに非常と念じ、霊覚を観ずれば即ち菩提、斯の如く知識すれば、道を得ること疾し――と。非常時といふ言葉を聞く毎に、私は常にこれを憶ひ出す。僧堂にあつて修業するのも、たゞこの非常を観じ盡さんが為だからである。

生死事大、光陰惜しむべし、無常迅速、時、人を待たず、とは、禅堂の前門に掲げられた板にも記された文句である。生死事大とは、非常の当體《たい》である。無常迅速はその現れだ。時、人を待たず、に至って、人は非常に迫られる。

我々は、常といふ時を持たないのである。然し、生活の惰力によつて、非常が常であるが如く感ずるに至つてゐる。念々刹々、己れ自らが変りに変つてゐるのであるが、不明にして判らないだけだ。昨日の真理が今日の不合理になれば、他人に責任を負はせて済ませてしまふのもこの故である。

この「大雄閣版」続編の「序」は、国民の多くが「非常時＝戦時下」と思っていた当時の状況と、自分が禅門に入らざるを得なかった「追い詰められた」心理とを重ねながら、どうやったらその「窮地」から脱出できるかを考えた禅門での三年間であったと正直に告白し、今は「非常時は格別非常ではないのである。非常が我等の当體であり常態である」という境地を獲得するに至った、と報告している。なお、先の引用に続けて、宮嶋は次のような唐突感を免れないような文章を書いたが、それは『禅に生くる』（正続）がまさに「戦時下」に書かれたものであることを図らずも語るものであった、と言っていいだろう。

国と国とが対立して、現に自己の国内にも軍部なるものが儼《げん》として存在してゐるのに、一片の平和論によつて、永久に戦争がなくなるであらうなど〻考へるのも、自分の衷にある妄想と、非常に当面しない為である。所謂認識不足である。見給へ、フランスに亡命してゐる白系露人すら、日本がロシアを犯せば承知しないと力んでゐる。そこに痛ましき純真の、国土に対する愛を見る。

そして、この続編の「序」は、以下のような言葉で終わる。禅修行の「困難」を共有しようという呼びかけである。多くの読者が賛同したのではないか。

この一篇の書物は、私のこの妄想との格闘記である。浅薄な人間の妄想であるからして、甚だ滑稽なことも多いと思ふ。然し本人の私として見れば、一生を妄想で棒に振るか、大我爆発にまで到達できるか否かの、大冒険の一歩を踏み出した記録である。

天空海闊《かいかつ》、八面玲瓏《れいろう》の境地は、望んで余りあるところである。然し、そこに到達する為には、骨に皮に粘りつく、妄想、煩悩をこそぎ落さなければならないのである。達者の境地は廓落たるものあるも、修行は甚だじめ〴〵してゐる。

憶ふに今日までの私は、如何にじめ〴〵した泣言を述べたて〻来たことであらうか。顧て恥多く、前途を仰いで白雲万里である。
たゞそれ人生非常の当體に、幻惑されないことを欲する人と共に、手を取つて進む機縁となり得れば、幸甚である。

禅道修行中自分を悩ませた「妄想」を中心に、禅道修行がいかに「難しい」ことであるかを縷々書き綴ったこの書（続編）のこの「終わりの言葉」は、いかにも「謙虚」である。このような宮嶋の態度から見えてくるのは、三年間の禅道修行によって宮嶋自身が「変わった」ということに他ならない。その「変わり様」については、③の「読書新聞太洋社版」（正続共に同じもの一九三七・昭和一二年刊）と「巧人社版」の「序」の冒頭部分によく表れている。

最初、僧堂に入りたいと熱願した頃の私の心境を端的に告白すれば、たゞ此の静寂な堂宇の中の人となれば、即座に三熱冷滅して、心地冷厳透徹、四天また之れに循《したが》ひ、煩悩皆除、明朗闊達、全く身心一如の境地に跳出し得られるといふ、虫の好い事を考へてもゐた。が、更にこれよりも、一層私をこの所に促進せしめたものは、自己の周囲に群る苦悩であつた。たれ人として、私を苛《さいな》み苦むる者はないのであるが、たゞわけもなく、己れの心中に製造する幻影が、自己を苦め、自己を苛む。その苦悩に堪へ難くなつて、真暗三宝、無我夢中で、この静寂の道場に、一味の冷気を求めたと云ふのが真実である。希望はその真暗な壁の向ふに、かすかに輝いてゐたかどうか、それも判らん位の程度である。たゞこの境地に飛び込みたい、といふ念願の中に、身心一如を欲する現はれはあつたかも知れない。
然しながら僧堂に入つて見ると、私のこの唯心的な発願も、急激な生活様式の変化の為めに、多く心を奪はれて、純粋に打ち抜くことが出来なかつた。此所に於ける日常生活、その習性の中心は、全く世間のそれとは逆行し、顚倒してゐるかにさへ思はれる私であつた。

僧堂生活は、俗世間にいた時に考えていたこととは全く違ったものであったという「正直」な告白、『禅に生くる』のベストセラー化の秘密は、まさにこのような率直な言い方や自己省察にあったと言っていいのかもしれない。宮嶋は、同じ「序」の中で、『禅に生くる』の正編が何故書かれなければならなかったかについて、次のように書いた。

勿論僧堂に入るものゝ究竟の目的は大事了畢にある。入堂の際の誓約にも正しくそれは誓はれてある。即ち大我爆発、三昧発得の境に到るが為に此処に来り、此所に励む。一切の規矩は、その目的に添わんが為に組立てられてある。即ち放身捨命も厭ふ所なく、行じて行じ抜かんが為に、脚下照顧より、一切如法の行持が綿密にそこに行はれてゐるのである。
従つて、一応苦行と称せられるところの我等の修行も、心地、肉体、共にその境界に到達すればば、坐禅弁道、安楽の法門であり得る如く此の日常の生活も、甘露の法味となり得なければならないのであり、そこに徹底身心一如の世界が開発せらるべきである。
が、悲しい哉、この素凡夫の私が、一気に飛込む心を決した、といふも頭の先の事であつた。口に生活の簡素化などゝいふても、五欲はそれに逆行してゐた。従つて、真に如法の生活を行ふ道場に入るや、己が未熟を遺憾なく曝け出して、満面の垢辱裡に、冷や冷やした長き日々を送らなければならなかつた。正編には主としてそれを描いた。
要するに失敗だらけの記録である。

つまり、『禅に生くる』は、「失敗だらけの記録」だというのだが、考えて見れば、四五歳になって初めて経験した僧堂（禅門）生活、誰だって初めから「うまくいく」とは思っていなかったのではないか。ましてや、宮嶋はアナーキスト仲間や作家仲間から「酒癖の悪く」、酒が入ると直ぐ喧嘩すると言われていたほどに、内部に激しい「鬱屈」を抱えていた人間である。「規律」の厳しい僧堂生活を、俗世間にいた時と同じように「苦しみ」「悩み」ながら過ごしていたのではないか。『禅に生くる』は、その「うまくいかなかった」「苦悶の内に過ごした」僧堂生活の実際を「包み隠さず」正直に綴ったが故に、多くの読者を獲得したのだろう。自伝『遍歴』の中に、この当時の「悩み多き」僧堂生活について「告白」した次のような文章がある。

一切を擲《はな》たんと欲しても、擲ち切れぬのが私の宿業であつた。然もこの宿業を宿業として認め

切れず、ただ心の上で擲ち切ろうと焦つてゐたのである。（中略）
苦悩に堪えかねるとは酒を呑み、泥酔したあとは深い憂鬱に陥る。そして、夕には禅堂に通つて坐禅する。単上《たん》に坐れば一切を擲つに努めるだけである。俗事を考へても仕方がないのである。ここには無言の、何の動作もない、心の苦悩が展開するのである。昔から天龍寺の僧堂にも、数多くの名僧が打坐せられたことであらうし、その他凡俗の雲水に到つては実に無数であらう。それ等の人々もみんなこの単の上で瞑目して坐禅したのであるが、その際にそれ等の人々の心に浮かんだ無明煩悩、それは我々の眼にも耳にもふれる事のできないものであるが、どんな形をとり如何に騒がしいものであつたかも想像されるところである。生の根原に対する大疑念もあつたらうが、愛欲の悩み、嫉妬反感瞋恚、名利のあこがれ、それがこの静寂な堂内で展開されたのである。もし我々にそれを見聞する天眼天耳の通力があつたならば、誠に凄い絵巻と狂奏に接することが出来たであらう。僧堂の静寂は、実にこの狂騒の現はれである。（「禅門に入る」）

『遍歴』の原題が『真宗に帰す』で、禅宗から浄土真宗へ「宗旨替え」した後の記述であることを考慮しなければならないが、さらに加えて仏門（禅宗）に帰依しようとした当時の心境と修行を始めて何を得ることができたかについて書かれた一節を紹介する。少し長くなるが、宮嶋の心情がよく分かる文章である。

私自身も実際、嵯峨に来て禅堂に坐るようになつたら、自分の心身も一変するだらう、と云ふような、虫の好い考へを持つてゐた。弟の瀧雄が兄さんは坊主になるといふが、一体何が第一の目的なのか、とたずねたとき私は、俺は日本一のお人好しになりたいのだ、と平気で答へたものだつた。事実、あの静寂な境地に行き、専念身心一如の道を求めたら、求めたときから自分が変り得るだらうとも思つてゐた。が事情は全く別だつた。嵯峨に来た途端から、苦悩は一層激烈となつて身を嚙み心をせめぐのだ。朝早く起きて狭い毘沙門堂の境内を掃除して水を打つ、清々しくなつたとき、参詣に来た婆さんなどは、「綺麗になつとつてほんまに好えな、こんなところにおつたら心も極楽やが」などといふのである。(中略)

顧みれば凡てが愚劣であつた。そして今もなほ愚劣である。底下の凡夫の為すところ、愚劣以上に出で得ないのである。日本一のお人好しになりたいなど、大それた事を考へたのも痴人の夢である。曽我先生の云はれる通り、我々凡夫には、実践窮行の力はないのである。自分ではどうかして、どうかして、と思ひ乍らも、この未練愚痴な性格を如何ともすることが出来ないのである。が当時の私はどうにかなると信じてゐた。鉄を転じて金となす、と云ふような言葉がある。金にはなれなくとも、鋼鉄位にはなれると思つてゐた。力士の稽古は、叩きつけられ、叩きつけられても起ち上つて関取の胸にぶつかつて行く。丁度そのように私も哀愁にたたきつけられては起ち上つて禅堂に通つた。そしてその年の十月に得度して、十一月に僧堂に入つた。(同)

いかに自分が「甘い考え」で禅堂に入ろうとしたかが「正直」に書かれているが、この宮嶋の「正直さ」こそが『禅に生くる』(正続)という書物の魅力であり、だからこそ「版」を変えながらもその都度多くの読者を獲得したのだろう。

第7章

「禅」（修行）を書く

前章では『禅に生くる』（正続）が多くの読者を得た理由について、それは「生死」の問題に直面した四五歳の作家が「苦しみ」悩んだ末に禅門をくぐることになった事情を「正直」に告白したところにあったのではないか、と「版」によって異なる「序」の書き出しに着目して書いた。しかし、事情は他の「禅」に関する書でも同じであった。つまり、『禅に生くる』（正続 一九三二・三三・昭和七・八年）だけでなく、『新編 禅に生くる』（一九四一・昭和一六年）や『雲水は語る』（一九三四・昭和九年）、『坐禅への道』（一九四三・昭和一八年）などが多くの読者から歓迎されたのも、禅門の外側（寺外）からでは決して窺うことのできない僧堂生活や「禅」の奥義を、宮嶋は自分の「内面」や「体験」を正直に語るというスタイルを一貫して守りつつ、明らかにしたからにほかならなかった。

宮嶋は、まず自分が何故天龍寺（禅門）に入堂しようとしたのか、最初に単《たん》の上で「坐禅」を組んだときに思ったこと（内面）に絡めて、『禅に生くる』の「居士禅」において次のように書いている。

実際キマリの悪い限りであつたが、とにもかくにも斯うして、禅堂に最初の一歩を踏み込み、単の上に上つて、二つに折つた座布団を腰にあて、半跏を組んで、両手を重ねて両拇指を交へて、じつくりと坐り込んだ時、事実私は初めて、と云つて好いほど、長い間味はなかつた、安吐の息を静かに長く吐いたのである。愈《いよいよ》来るべき所へ来た、と云ふ感じが強く胸を打つた。もう私の身の上には、これ以上変化すべき道は茲《ここ》に断えたのである。

何事も前世の業因の来す所であるであらう。甚だしく分裂した性格を背負つて生れて来た私は、父母の愛も愛として受け容れることすら出来ない事も多かつた。友人と交際すれば、自己の要求ばかりを端的に主張するが為に争ひは断えず、職を得れば直ちに上長と衝突して、為さでもよかりさうな流浪を流浪し、窮迫の途上、性癖は更に幾千をか歪めた事であらう。分裂は分裂を重ねて、遂に生と死との岐路にまで自己を追ひ詰めて来たどたん場に、最後の統一の場所として選んだのが、今坐つた単上の布団の上がそれである。(傍点原文「居士禅」)

自分がいかに「自己中心的」=自分勝手な性格の持ち主であったか、そのために両親や兄弟姉妹はじめ友人たちといかに様々な「軋轢」を生み出してきたか、現在はそのことの「反省」の上に天龍寺で坐禅を組む自分が存在するとの認識、このような宮嶋の自己省察=「反省」的態度は、読者の多くが「共感」するものであったと言っていいかもしれない。この「自己省察」と「現状認識」に続いて、宮嶋は先の引用に続けて次のように自分の「過去」と現在の在り様について語る。

正直の所、私は此際にも、どうしても死ぬ気になれなかつた。と云ふのは、私が今日自己をこの境地に駆り立てた原因は、すべて私にあると観じたからだ。何にしてもこだわりの多い性格だつた。貪、瞋、痴の三毒と云ふが、反省の時に当つては、それは実に愧《は》づべく笑ふべき、ケチ臭い産物である。徒《いたずら》に嘆き悲み、あえぎ、もがき、更に悲憤し慷慨する。時には一見止み難き公憤を発したやうに見えた所で、その多くは、全く自己の持つこの三毒を、ヂャスティファイしようとする、更に一層つまらない了見に出た所の自己をそこに見たからである。人間もかうまでつまらない自己を発見すると、劫々《かへって》死ぬ気にはなれないものだ。これほどまでに下らなくいぢけた動機で行ふ自殺そのものは、更に一層みじめなものとして自己に映つて来る。私はみじめではありたくなかつた。が、而もその一面に於て、私の感情は枯渇し、性格は委縮して、このまゝにほつておけば、自殺はせずとも恐らくは立枯れてしまふであらう予想が私を脅かした。

私はまた、自己のこの性格の不完全は、社会の不完全なる結果として認識し、社会を改むる事によつて、自己を匡正《きょうせい》し得ると云ふ信念の下に進む余裕も既に失つてゐた。（傍点原文　同）

引用の最後の二行「私はまた、自己のこの性格の不完全は、社会の不完全なる結果として認識し、社会を改むる事によつて、自己を匡正し得ると云ふ信念の下に進む余裕も既に失つてゐた」は、明らかに宮嶋の無政府主義思想に基づく労働運動・革命運動からの「撤退」、つまりは「転向」の宣言にほかならなかった。言い方を換えれば、宮嶋は何故「仏門（禅宗）に帰依したのか」を自問自答しながら、同時に自身の「政治＝無政府主義革命」への「絶望」及び「回心＝転向」を語ったということになる。もちろん、この宮嶋の「転向」は、思想の科学研究会（代表鶴見俊輔）が『共同研究　転向』（上・中・下巻　一九五九・六〇・六二年　平凡社刊）上巻の「転向の共同研究について」で定義した、「権力によって強制されたためにおこる思想の変化」に照らした場合、「権力による強制」があったわけではないから、思想の科学研究会の定義による「転向」概念に当てはまらない。しかし、宮嶋の大杉栄たちのアナルコ・サンジカリズム研究会への参加から「労働文学（前期プロレタリア文学）」作家へ、そして禅宗の僧侶へという軌跡は、「権力によって強制されたために起こる思想の変化」というわけではなかったが、「社会」総体の「圧力」を受けての紆余曲折の「思想の変化（転換）」だと拡大解釈すれば、宮嶋の「回心」は「転向」の一種であったと言ってもいいのではないだろうか。

というのも、宮嶋は『禅に生くる』（正続）などの禅に関する書物を著すとき、細心の注意を払って自ら経験した「事実」や「内面」を丁寧に描く（書く）ことで、自分の内部で起こった「回心劇」の有り様を白日の下に曝け出し、そのことと禅門をくぐろうとしたことは深く関連していると理解してもらおうとしていると思えるからである。例えば、『禅に生くる』（正続）には私たちの知らないことがたくさん書かれているのだが、宮嶋はそのような禅門の「内」に連綿と続く手続きなどについて、自分の体験に即して「忠実」に書き記すのである。例えば、「初めての接心」について、宮嶋は次のように書く。

　そこで接心の第一日には朝四時に起きて飯を炊いて、食事を終つて片付けると五時半に僧堂へ出かけて行つた。朝明けの冷《ひや》りとした大気を身に浴びて、愛宕から嵐山への山々を眺めながら、だら〳〵下りのさわやかな道を歩いて行つた。（中略）
　熱心に坐つてゐた。が、元気も遂に妄想に過ぎなかつた。一時間、二時間、三時間と坐る中に足の節々が痛み始める。疲れてくると妄想は、素晴しい勢で活躍をはじめるのだ。実にそれは説明し難い巧妙なしかけである。私自身はちやんと眼を開いてゐるのだ。が、例のタヽキの上の凸凹が猫の顔になつたり、ライオンに変つたり、何とも云へない奇妙な面にも見える。（中略）
　腹の力などは全く抜け切つてしまつてゐるから、恐らく姿勢も乱れ果てゝゐるに違ひない。はつと我に返つて、坐相を整へやうとした時には、腰から下の半身が、堪らなくヅキ〳〵痛んでゐるのであつた。（「居士禅」）

果たしてこのように「坐禅」の苦しみを「正直」に書いた禅僧（禅修行者）がこれまでに存在しただろうか。「四十五歳」で入門した宮嶋は、いかに自分が他の修行者と異なる「稀な存在」かについて、次のように書いている。

自体僧堂に来る者は、それ以前に既に得度して、肉身の父母眷属と俗縁を絶ち、仏子として更生した僧侶が、更に生死の大事究明のために、師匠から暇を貰ひ、天涯孤独、係累のまつはる者なく、情実のわだかまりなく、全く自由の身となつて、此の専門道場に錫を留めて、専念修業に身を捧げてゐる人々である。されば日常の生活も、一切の行為の規範も、すべてが浮世の生活とは、類を異にしてゐるのである。（中略）

然しながら意志の弱い、情に纏《しばら》れる私の如きものにあつては、今日ではまだ〳〵、その態度に到るべきがための、実に更に更に、千歩も手前の修行であるに過ぎないのは、まことに耻づべく次第である。（同）

一事が万事、『禅に生くる』は少し前まで「素人＝在家」であった者が、禅寺の「奥＝深淵な内部」で何が行われているのかを、「正直」に「経験」したままを書き綴っているところに、その最大の特徴（魅力）があったと言えるだろう。禅寺の「秘密」の開陳と言っては大袈裟になるが、「外＝俗世間」では中国大陸に於いて「戦争」が継続中である、誰もが心のどこかで「安定・安心」を求めていた時代であったが故に、『禅に生くる』は人々（民衆）に求められたのではないか。

さらに付け加えるならば、創作上からも、また日常生活においても「追い詰められて」禅寺に入門した四五歳男の「赤裸々」な告白を、世の中に「不安」が充満している時代でもあり誰もがその禅修行の内実を知りたいと思い、興味を駆り立てられたのではないだろうか。

　宮嶋が禅修行していた時代がどういう社会であったか。『禅に生くる』の正続どちらにも巻末に「大雄閣重版書目録」が載っていて、その中に鈴木大拙の『禅の真髄』や『禅とは何ぞや』と並んで、「厭世思想」や「ペシミズム（悲観主義）」、あるいは「生の哲学」（実存主義哲学）の提唱者と言われた一九世紀を代表する哲学者ショーペンハウエルの『天然の意志』や『道徳の形而上学』、『倫理の二つの根本問題』などが紹介されていた。「戦争の時代」にあって、人間はいかに生きるべきかが真剣に考えられ、出版界もそれに応えようとしていたと思われる。何十版も版を重ねた宮嶋の『禅に生くる』も、そのような時代の要請に応えた著作の一環だったとも考えられる。

　その意味で、『禅に生くる』に見られる「自己省察」の深さも、この書がベストセラーになった所以かもしれない。


　衆生無辺誓願度とは、己れを擲《なげう》つて万衆に酬ゆることである。己れを擲つとは、己我の見を離るゝことであり、三昧の発得であり、大我の爆発であり、禅家の所謂大事了畢《りょうひつ》とはこの境地を指すことゝ私は信じてゐる。真に無縁の慈悲を行じ得る境地である。

　私の如きも、過去に於て、小生意気な理屈をこねた事があつた。そしてその理屈も、自己の若き情熱によつて、燃焼して他を顧みざる時代は、己れに破綻も示さなかつたが、一度理論と情熱との間に罅隙《かんげき》を生ずるに至つて、別種の反省を伴ふに至ると、凡そ之等の理屈も宣言も、要するに、自己の名聞利欲への希求以外の何物でもなきことを発見して、過去の一切を放擲して、真に身心一如の世界を求むるの余儀なきに立到つたのである。即ち現在の私は、内外の両境を雑砕して、真に打成一片の境地に跳出することを欲している。（「托鉢」『禅に生くる』）

さらに続けて、宮嶋は自分の現在までの在り方について、次のように分析する。

然らずんば、このケチ臭い、己我の妄執を抱いて、碌々として生くることは、寧ろ罪悪であるとすら観ずるに至つたのだ。そしてもし幸いにして、打成一片の境地に到達することが出来得たならば、それだけでも私は、万衆に酬ひることが出来得ると信じてゐる。如何となれば、真に己我の見を離れた者は、少くも我利我欲の為に動かず、我利我欲のなきところ、自ら他の為に盡す事になり得るからだ。

たゞそれまでは、この十万信施を受くる矛盾をも堪えて行くより仕方がないと思ふ。そしてその矛盾によつて、自己を鞭撻しるより他に途がない。それが修業である。ともすれば人は、禅堂に入つたと云ふと、それだけで、別種の境地に出た如く取り扱ふ。然し、修業の苦痛は、実に禅堂に一歩を踏み入れた瞬間から酷烈になる。今まで忘れて顧みない事の多かつた三毒の妄執と、真正面に打《ぶ》つかるのもこの時からだ。身に僧服を纏つて、行持の醜さに自己を苛むのも、この時

からであるからだ。（同）

自分の「駄目さ」をとことん凝視し、それでもなお禅堂に入った以上「修業（修行）」に専念し、その先に獲得できるであろう「境地」を遠望する、その上で宮嶋は「禅」修行の本質は、以下のようなところにあるのではないか、と大胆に提言する。『禅に生くる』の中心と言っていい「得度」の章において、その提言はなされている。一九三〇（昭和五）年一〇月五日の「達磨忌」に「出家得度」した宮嶋は、「出家の目的」は『正法眼蔵（道元）』の「出家功徳」の中に書かれている「仏言（中略）我れ父母兄弟妻子眷属知識を棄て出家修道するは、正に是諸善覚を修集するの時、是不善覚を修集するの時に非ず、善覚とは一切衆生を憐愍すること猶赤子の如し、不善覚とはこれと相違す」るところにある、と断言する。そして、出家得度した以上、「古き殿堂を跳出して、時代に呼応すべき、方便力の清新化は、一層緊要な事であり、その如何にして既成陳套の境地を打開し来るかは、たゞ一に、教者の信念、願心の強弱、冷熱にかゝつて存してゐる」とし、出家得度した者の「するべきこと」は、以下のことであるとする。

要するに認識の対象を拡大せしむる事であり、拡大とは、今日の人間の生活苦が、如何なる所に起因してゐるかを、明確に把握する事であり、それが為には、真に時代人の呼吸を明かに聴くだけの、明徹した熱意を彼れ自らが持たなければならないのである。

大法は常に現前する、と禅家の人は云ふのである。大法が常に現前するものならば、仏教に盛衰あるのは、何の理《ことわり》によるのであらうか。大法は常に現前しても、たゞ人によつてのみ伝へられる。然も、人は時代を離れて存在しない限り、その人によつて現前された大法とは、時代に即し、無辺の方便力によつて、主従に働きかけられたものでなければならない。（中略）

普通の言葉で云へば、社会に対する関心である。その如何によつて、宗教的情操の、冷熱浅深の結果をもたらすのであつて、衆生業苦に対する苦慮を持つて徒《いたずら》に、見聞覚知として斥ける如きは、寧ろその人こそ見聞覚知に転ぜられてゐるとしか思へない。（「得度」）

要するに、出家得度して僧侶になったとしても、「人は時代を離れて存在しない限り」、そして寺院＝仏教（宗教）それ自体が時代や社会と深い関りがある以上、「社会への関心」は持ち続けるのは当たり前である、と説くのである。そして、道元禅師や白隠禅師の言葉に従って「禅の奥義」を極めようとするだけでなく、いかにしたら既存の多くの仏教（寺院・僧侶）が「社会との関係」を持ち続けることができ、「禅」思想を衆生（人々）に伝えることができるか、次のように言う。

斯くて、多くの寺院生活者が、時代との接触を忌避し、進んで理解する事を欲せず、ただ伝統の旧生活中に籠居《ろうきょ》してゐる中に、徐々に生気を失ひ、次第に時代の潮流と没交渉となつて、遂に停滞の中に怠気を生じて、たゞ、祖師の口語を受売りするものとして、寧ろ在家生活と密接な交渉を持ち、日々の生活に何等かの活力を与える、在家仏教、居士禅を重くすべしとの説を唱へる人々が多くなつて来たのである。

私もその説には誠に賛成である。先にも言つた如く、一切の宗教と云はず芸術と云はず哲学と云はず、事としてそれに携わるものには各々自家の至上主義を把持してゐる。今、禅門に帰依してゐる私としては、洋の東西を問はず、一切の人類を挙げて禅に参し、その宗風を密々に行ひ、生活はもつと簡素に本質を尊ぶやうになつたならば、今日の如き徒らなる葛藤は絶えて、人はその職に当りながらも、更に一層高き精神文化に、参与し得るやうになると信じてゐるものである。

（同）

このように禅門に自らの身を委ねた経緯、及びそこから得た考え（思想）を「自信満々」に語る一方で、次に見るように、得度してもなお禅門に入る以前に持っていた「無政府主義思想・運動」と「宗教（禅宗）」との近接について「意気軒高」に語る、という他所からは「理解しがたい」ような考えを披瀝することがあった。衆生＝読者は、このような「理解しづらい」考えを易々と開陳する宮嶋の姿に、宗教（禅門）に身を委ねる者の「真実」とは別に「親しみ」を感じたのではないだろうか。

先日も君と語つてゐた際に、客観的事象に重点をおく人の多くは所謂社会主義的となり、政治的となり、主観に重点をおく者は個人主義となり、アナキストとなり、宗教的ないし芸術的といふ風になると僕は云つた。そしてその何れにしてもこの過《あやま》りの多い社会現象を変革し、改善せんとする意念に至つては尊むべきものであるとも言つた。

が、僕としてはその重点を常に個人の思想信念において来たのである。如何に世の中がどう引つくり返らうとも、人間の持つ無明煩悩が現在あるが如きまゝのものである限りは、差別は生じ、愛憎好悪に、喜怒哀楽に、輾転苦悩する人間生活の内容には、別段大した変化は生じないと僕は信じてゐるからだ。茲《ここ》に僕の悲観的態度がある。然しそれにもかゝはらず、僕は或種の人間の抱く社会改善的意念に至つては、常に不変に讃嘆の意を深く持つ者なのである。（「天龍寺より」『雲水は語る』所収）

なお、『雲水は語る』所収の「新発意禅話」に始まって「雲水掛錫」、「雲水の禅堂修行」、「心境を語る」、「一年経った」など二二の文章は、いずれも宮嶋が『仏門に入りて』（一九三〇・昭和五年一二月　創元社刊）以降、主に仏教関係、関西地方のメディアに「求められて」書いたエッセイをまとめたものらしく――「らしく」と言うのは、作家時代に宮嶋が関係していたメディア（雑誌・新聞）を中心に、国立国会図書館や日本近代文学館などで調査したが、『雲水は語る』所収の文章は一つも見つけることができなかったからである――結構「気楽」に思うがままに書いているように感じられる。中で興味をそそられるのは、『禅に生くる』を大阪朝日新聞の「天声人語」や中外日報の『毒つれぐ〳〵』で紹介してくれた永井瓢齋へのお礼を兼ねて、『禅に生くる』の執筆意図を明らかにした『雲水は語る』の巻末に付された「修業未熟といふ事に就て」である。宮嶋は、「修行未熟の小生が、何故そんな境地（僧堂生活の苦しさ――引用者注）を曝け出した書物を書いたか」と言い、そこには「別な理由」があったとして、次のように書いた。

由来禅宗の書物といへば、多くは悟りの境地を端的に披歴したものとして、世人の多くが受け取つてゐる感がある。そこで、また多くの禅宗の雑誌類を見ても、真に大事を了畢《りょうひつ》したのか、大我が爆発したのか、三昧が発得したのか判らん人が、それは実に悟りすました顔つきで文句を並べてゐる。古人の語を借りて文句を並べれば、一応は境到り心開けた人の如く見える。そこで禅宗の人々の多くは、人に接するに、先づ自己が悟つた顔をして、第二義的の意味で悩み苦しんでゐる人々に対しても、自分も判らん第一義的の語句を弄して物を片づける癖がある。共に悩み、共に苦み、相扶《たす》け、相補つて進もうといふ態度に欠けてゐる。

にもかかわらず、多くの禅家が「徒に第一疑問（「禅とは何か」という大上段に振りかざした疑問――引用者注）を高揚して、悩み苦しみ来た者をして、取りつくよすがをなからしむ如き」に振る舞い、更には「自己の境地尚到らざるにたゞ偏《ひと》へに古人の語を借り来つて、己が未得をカモフラージュなさんとする如き」「千万の害あつて益なき」ことを平気で言っていることに、宮嶋は「疑義」を持ち、次のような気持ちを抱くようになったが故に、『禅に生くる』を書いたというのである。

禅は弧危《こき》の真風ともいふ、峻厳であるべきに違ひない。けれども、その峻厳の道に入りたく思ふ人間には、先づいたはつて入らせるべきであらうと思ふ。峻厳も峻厳になり切れば峻厳を感じなくなるであらうところに、修業の意義が存する。自体私などが、峻厳だとか、弧危だとか、いつてゐることが既に麓にうろつく迷人であることを告白してゐるのである。が、その峻厳に憧憬し、その道に進まんと欲する者には、その苦痛、その難行の中にも堪へ難き歓喜と希望の湧くことを描出してみたく感じたのである。

『禅に生くる』とは、これに了畢《りょうひつ》したことを意味するものではない。その苦痛、その難行の中にも斯る境地のあることを示さんと欲したのである。真に悟り切つてしまつたら、生きるも、生きないも、ないであらう。（中略）従つてこの書物は、己れが愚痴妄想に叩きのめされながらも、断ち切り、断ち切りつゝ朗廓《めいかく》たる境地に進出せんともがいてゐる人間の姿を描いたに過ぎない。

繰り返すが、このような「率直」な物言いこそが、読者の支持を拡大していった主因だったのではないか。更に言うならば、『新編　禅に生くる』（総ルビ　一九四一・昭和一六年二月　大法輪閣刊）に顕著なのだが、修行中（坐禅を組んでいる時）しきりに「家族（親や妻子）」のことを想った、と宮嶋は「告白」しているのである。このような「弱い自分」を曝け出すことで、「深遠」な「禅修行」が実は身近なものであることを、宮嶋は伝えようとしたのかもしれない。

何が為に自己に対してかくも狂暴に振舞はなければならないのか、それは私自身にも判らない。然し、かくして自己を責め苛む事は快感でもあるやうである。それは明かに、マゾヒストの一種であるかも知れない。けれども、私が私自身の云はゞ勝手な要求の為に別れて来て、生活にも精神にも、苦痛を與へてゐる所の妻子を想ふとき、一切の慰安といふ如き、紛らかしの手段は失はれてしまつてゐたやうである。たゞ自己を引ぱたけば好いのである。自己の苦痛によつて、彼等の苦痛を忘れようとしたのであらう。勿論当時の私が、しかく明らかに意識してしかく行動してゐた次第ではない。形なき妄念の塊は、かくも行動するより他に方法はなかつたもの、といふのが一番確かな所であらう。（「毘沙門堂」『新編　禅に生くる』）

ここからは、宮嶋が出家得度した後もなお東京に置いてきた「妻子」のことを気にかけ続けていたことが判るのだが、それと同時にこの引用部分が私たちに教えてくれるのは、宮嶋の禅修行が「日常＝生活」と隣り合わせに在り続けたということである。寺内と寺の外とを精神的にも肉体的にも「自由」に行き来していたのが「蓬州宮嶋資夫」であり、そのような在り様にこそ宮嶋が説く「禅」の特徴があった、ということである。宮嶋の「禅」修行に関わる独特な在り様（心根・気持）は、次のような七二歳になる母親が出家得度した宮嶋を京都に訪れてきた時のことを綴った文章にも表れている。

> 得度を終つて一月ほどすると、母が東京からわざ〳〵来てくれた。もう七十二歳であるから、一度私の僧形を見たい、と云ふのである。京都駅に迎へに出る時は、従軍服を着て行つた。汽車から下りると、私の手をとつて泣いた。十歳位の時から、真宗のお説教参りに私をつれて歩いた彼女は、子供の一人が仏門に入つた事は何よりも嬉しくあつたらしい。それと同時に世縁の悲みも更に深くあつたやうだ。母は弟の宿に泊らず毘沙門堂に来て泊つた。秋と云つても已に寒かつた。蒲団が足りないので、私は綿蚊帳へくるまつて寝た。寝相の悪い私は夜中に暴れる。その度毎に蚊帳の環がから〳〵鳴る。母は驚いたやうであるが、幸に此の蚊帳は麻でないから冷えない、と説明したら安心した。（中略）
> 臨川寺や大覚寺の池などを散策した。農家では、赤くなつた柿を束ねて売つてゐた。柿の好きな母は何よりもそれを喜んだ。田圃の中に僅かばかりの清水が湧いてゐる、なこその瀧の瀧あとと云ふには彼女も驚いてゐたやうである。（傍点原文「掛錫」同書所収）

ここには四〇代半ばを過ぎて仏門に帰依した息子を心配する母親の姿が「微笑ましく」描かれている。老体に鞭打って、新幹線もなく特急でも八時間以上かかった東京―京都間を往復した母親に対する宮嶋の「優しい」心根がここには描かれている、と言い換えてもいい。宮嶋と母親との交情（関係）については、仏門に帰依することになった遠因の一つと思われる母親の仏教「信仰」絡みで、「宮島資夫自叙伝」と副題された『裸像彫刻』（一九二二・大正一一年一一月　春秋社刊）に、次のように書かれていた。

その頃は私の精神状態に何か余程の変動が起つてゐたのであつたらう。私は時々一人して、たゞぢつと空を眺めて考へてゐる事が多かつた。縁側に寝転んで、蒼空に眺め入つてると、私はたゞ何と云ふわけもなく悲しくなつた。（中略）

私はその時分に、母に連れられて真宗の説教を聞きに行つた。宗教嫌いの父がゐなくなつて、公然と寺詣りが出来るようになつた事が、その頃の母の唯一の楽みであつたに違ひない。それにまた、どんなに悪化して行くかわからないように母の眼に映った私を、母はどうかして宗教の力でゞも、まっ正直に立ち返らせたいと思つたのであらう。学校の少し下の坂の中途にある真宗寺へ、或る日私は連れて行かれた。（中略）

絶え間なき周囲との闘争、苛立たしい孤立、人知れぬ憂鬱、さう云ふ状態の中につまらなく張りつめた心で暮して来た私は、その時はもう疲れ切つてゐたのかも知れなかつた。そしてたまたま聞いたその説教が、私にやすらいの息停場所を與へてくれたのかも知れなかつた。私は、その日から熱心な信者と云つていゝか、或ひは又た聴聞者かになつてしまつた。朝起きると私は母のあとに従って、仏壇の前に座ってお勤めをした。正信偈も和讃も御文章もすぐに記憶した。阿弥陀経も空で読むようになってしまった。

宮嶋が子供のころからいかに「仏教」に近いところで育ってきたかを物語るエピソードであるが、この自伝の『裸像彫刻』が宮嶋の天龍寺入門のはるか以前に書かれたものであることを考えると、ある種の「因果」を感じざるを得ない。

第8章

「禅」への懐疑か？――『坐禅への道』・『勇猛禅の鈴木正三』

〈1〉『坐禅への道』の意味

一九四三・昭和一八年一月、宮嶋は次のような文章を「序」に持つ『坐禅への道』を上梓する。一九四三・昭和一八年一月と言えば、前々年の一二月八日に始まった太平洋戦争（大東亜戦争）が前年六月のミッドウェー海戦における「敗北」、及び同年八月のガダルカナル島の戦いにおける「敗北」を契機に、ほとんど「後退戦」と言っていい苦しい戦いを日本（軍）が余儀なくされる戦争状況にあった時代である。

時、非常なれば人心自ら禅に趨《おもむ》く、と云はれてゐるが、それと同時に方法を誤らしめ、反つて折角志を立てた人をして、疾《しつ》に陥らしむる結果に到る事を最も恐れるのである。殊にあの一にも肚《はら》、二にも肚が最も危険なのである。気《き》海丹田《かいたんでん》に気の充ちるとは、必ずしも腹部の偉大を意味するのではないのだ。此事が修行者をして誤らしむる第一歩であり、修行の過程に於ける種々の障害を予め心得ておく事が坐禅する者の最も大切な事である。それ等の事を仔細に書きたいと思つてゐる中に、岐路は岐路を生じて、収まりがつかなくなつた感がある。然し一面からすれば、これが本当の坐禅の道程と私は心得てゐる。一、何々。二、何々と序論から総論へ各論から結論へと書いて見ても坐禅はさうは参らぬのである。各人の性格とその環境がその進展を決定してくれるであらう。故に此書は未熟な私の単なる覚書として、坐禅に志ある人の参考とするに足りれば満足であり、もしそれ、これが万一にも、読者の身心一如への寸毫の助けとでもなるを得れば、私の望みはそれを以て足れりとするのである。（「序」）

改めて言うまでもなく、ここに出てくる「非常時」は「総動員体制下の日本社会」ということになる。そのような状況下で自らの「体験」に基づいて「坐禅への道」、言い換えれば「禅の原点」について書こうとした宮嶋の真意は、ではどこにあったのだろうか。宮嶋は本書の「乱世と禅」の項において、「禅と云ひ坐禅と説く、それを説き初めたら不立文字の禅門に最も多くの著書があると云はれるほど、限りなく多方面に説かれるところであらうが、菲才の私の為し得る所でも為すべき事でもないのである」と言いながら、「非常時」に何故「禅（坐禅）」が求められるのか、次のように書く。

然し古来、世の乱れるに従つて禅が興り、乱極つて浄土門の宗旨が行はれると云ひ伝へられてゐる所である。誠に世相乱れ、複雑怪奇にして趨《おもむ》く所を知らず、而も我が身命のはかり難きを痛感する時に、人は最も痛快なる決断を求めるに到るのだ。即ち人として此世に生れ、生を閲《けみ》して死に到る。その過程に於ける自己の価値を探らんと欲する所に出発するのである。

世が泰平である場合には、多くの人はたゞ日常の生活にのみ局蹐《きょくせき》として、得ては喜び、失つては嘆き、得失利害の打算の中に、いつとなく我が生を終り、真に自己の生命について顧みる暇もなくしてしまふのである。が、現在にあつては、戦場と銃後の距離も甚だしく短縮されてゐる。防空の守り堅しと雖も、敵機の襲来に対する覚悟は常に局に当る人々から聞かされてゐるのである。更に我が身辺に失ふ人も少なからず、人はおのづから生のよつて来る所、死の去つて行く所を考へざるを得なくなつてくるのである。（傍点引用者）

傍点部が如実に示しているように、この『坐禅への道』は戦時下、しかも「本土空襲」——一九四二・昭和一七年四月一八日、航空母艦ホーネットから発進したドーリトル中佐率いるアメリカ空軍の爆撃機が、初めて東京、横須賀、横浜、名古屋、神戸などの都市を空襲した（通称「ドーリトル空襲」と言う）——の危険性が叫ばれるようになった時期に書かれたものである。言い方を換えれば、前線と銃後とを問わず「天皇の赤子」として「死」を従容として受け入れることを強いられた時代に、「死への恐怖」をいかに克服するかという大命題を抱えて天龍寺（臨済禅）の門をくぐった宮嶋に、版元は『坐禅への道』執筆を依頼したということである（ただし、此の書の終わり近くに収められている「臨済と曹洞」や「命を捨てゝ死ぬる人」「古人刻苦すれば光明必ず盛大矣」は、それぞれ「大法輪」の一九四一年一〇月号、一二月号と四二年二月号に書かれたもので、もしかしたら、他の項目もどこかの雑誌や新聞に書かれたものが含まれている可能性がある）。しかし、宮嶋は「死への恐怖」を克服する、つまり「悟りの境地」を得る簡単な方法＝「功利主義的・便宜主義的」な方法は存在しないのではないか、ということで次のように書いている。

悟りを期待し、悟りを仰望《ぎょうぼう》する処には種々の弊が生じて来る。先づ第一に確にそれは功利的である。悟りと云ふ境地に出れば、我等はもつと自由無礙《むげ》に、殺活自由に、或は生死を超越して人生を翻弄するが如く、と古人の逸話に多く見らるゝ処の繻子《しゅす》なる状態を空想し、またそれに刺激もせらるゝのである。

然しながら悟道とは、我等がこの日常の生活の上に於て求むる所の安楽、それは悉く妄想の所産であるところの、百味の飲食であり、天空を舞う天女であり、迦陵頻伽《かりょうびんが》の声であり、瑠璃の柱に珊瑚の家根である所の、現世の快楽を延長した所の、一種架空の世界である。然らざれば現実を離れた一種の虚無の世界である。支那に於ける武陵桃原《ぶりょうたうげん》や、七賢人の世界がそれを象徴し、それを精神的に現出させる要求である。

真実の悟道とは、斯の如きものにあらずして、現実に徹して徹し切つた境地と私は信じてゐる。苦に徹し、楽にして、苦に非ず、楽に非ず、非ずにも非ざる所の否定の否定たる肯定である。

（「坐禅と生理」）

なお、宮嶋は「悟り」の難しさの理由として、「我々が最も大切なのは、坐禅を為しながら、現実に真正面にぶつかつて行く事」と言いながら、その「現実」には常に「死」がまとわりついているという「難題」からなかなか脱却できず、そうであるが故に「悟り」に至るのは至難の技であるとして、自らの「体験」を次のように書く。つまり、「死」が「妄念・想念」となって繰り返し坐禅を組む自分に襲いかかってくる「現実」から逃れる術はないのではないか、というのである。

幾度、自殺を欲したことであるか。思つても滑稽なほどである。寝床に入つて先づ脳裏を往来するのは死ぬことばかりだ。それも真実、徹底的に死を観念し、死そのものをじつと見つめて、死以外の何物もなく、死一定と決し来つて端坐するならばよろしいが、寝床に入つてから思ふ所の死であるから、だらしがない事は申すまでもないのである。然しかく云ひ得るのは、その境地を通過して初めて出来てゐるのである。当時にあつての自己に対しては相当に真剣である。自分でも死を想ふことはつく〴〵いやになる。もつと力強く、生は生に任せ、死は死に任せておきたいのであるが、如何ともその想念を脱出することが出来ないのである。（「反省の危機及び苦行」）

ここに示されている「死」に対する思い（想念・妄念）は、「文学」に行き詰まって東京を脱出し京都（嵯峨野）を彷徨っていた時のものとほとんど変わっていない。ということは、一九三〇・昭和五年一〇月五日の「達磨忌」に得度してから一〇年以上修行してきてもなお、宮嶋は「死」の問題を克服できなかったという「現実」を抱えていたということになる。正直と言えば正直だが、だとすれば『禅を生くる』（正続）をはじめ『新編　禅を生くる』などで、あれほどまでに「禅」修行の厳しさや苦しさを書き連ね、かつ自分にとって「禅」修行がいかに大切さで必要かを説いてきた宮嶋の一〇年間は、「死なななかった」ということだけで意味があったということになるのだろうか。宮嶋は、自分なりの「読み（解釈）」と「解説」を提示した『華厳経——仏教聖典を語る叢書三』（一九三五・昭和一〇年三月刊）を書いた後に陥った自分の心境について、『遍歴』の「禅病・停滞・無変化の苦悩」の中で、次のように書いている。

仕事（『華厳経』の執筆——引用者注）も終つたので、花岳院から荻窪の古館清太郎の家に移つた。古館は以前かれが春秋社に勤めてゐた時、一二度会つた男であつた。かれも神経衰弱で悩んでゐたが、私のは一層猛烈だつた。酒も飲まなかつた。華厳経で、余り読書と執筆をつめた故か、本を読む気力もなくなつてゐた。

丁度その頃笹井の兄の静一氏が東上して来た。そして私を一見すると、どうしたんや、えらい具合が悪そうやな、と云ふので私は近状を語つた。すると、それなら当分嵯峨の別荘に来て遊んでゐなはれ、と言つて、私を嵯峨に連れて行つてくれた。別荘の裏の六畳一間の家に住むことになつた。

昼はぶらぶら遊んでゐる。夕方になると共に晩酌をやる。何の苦労もない生活である。が私は常に追い立てられるような気持ちだつた。無常迅速である。時人を待たない。禅堂の板の文句が絶えず心に浮ぶ。煉獄とはかかる境地を云ふのであるか、酒も已に自己をたのしませてくれなくなつてしまつた。だれともよく衝突した。その揚句は自分がいやで堪らなくなるのである。そして自分で自分を苦《にが》む。その時だけが、自分が生きてゐる気持ちがした。この苦痛を突破したらば、地獄の底をぶち抜いたら、光ある境地に出られる気持ちがしたのである。

宮嶋は、何故これほどまでに強い「自己処断」の気持ちを「一〇年間」もの長きにわたって持ち続けたのか。恐らく、宮嶋は若い時から没落士族の長男として「家の再興」を暗黙裡に家族から期待されながら職を転々とする生活を続け、その果てに労働者の「解放」＝革命を夢見て労働文学（前期プロレタリア文学）作家になり、それなりの成功を修めながら、それに「満足」することなく、挙句の果てに「死」に取りつかれるようになって、最後は仏門（禅の世界）に入ることで「救済」の実現を夢見たのだろう。宮嶋が鈴木大拙のような「禅学者」にもならず、またどこかの寺の住職になることも望まず、終に「死の恐怖」を克服できないまま、「自己救済」も中途半端の状態で新座市平林寺の「堂守」となって日々を送るようになったこととの意味は、重い。その意味で、

『坐禅への道』は、まさに僧籍を得てからの一〇年余の自分なりの「総括」であった、と言っていいかもしれない。

しかも、その「総括」は、「戦時下」という「特殊性」を帯びていた。『坐禅への道』がいかに「戦時下」を意識して書かれた書物であるか、その典型的な文章をいくつか抜き出してみよう。

①　戦争は種々の事を教へ、また憶い起させてくれてゐるのである。学校の勤労奉仕や、国民の体育錬成と云ふ事も、黙々として実行してゐたのである。僧堂に入れば、如何に自己より年少でも、仮令に一時間でも先に到着してゐれば、先輩として敬意を表さなければならないのである。故に僧堂から軍隊に入つた者は、その行儀や一切の動作に於ておしなべて成績が好いのである。殊に我々の日常生活に於ける早起き、薄着、冬も炭火を用ひざる点、粗食ではあれど栄養ある事等と、実に一切に先行してゐるものと私は信じてゐる。一切の国民が、僧堂的生活をする時に闇も絶滅するであらう。声を枯らして叫ばなくとも欧米的文明は影を消すであらう。そして東洋の精神文化が光を放つのである。外国語を学ぶな、といふやうなケチ臭い事は言はなくとも好いのである。大《おお》いに学んで敵国の事情に通ずべく、また大に利用して国体精神と宗教の宣布を為すべきである。漢字は制限しなくとも好いのである。小学校の一年からでも、日本外史を読ませて、学に対する気力を旺盛になすべきである。それにはそれの根柢を為す、我々の生活が簡素に徹すれば好いのである。(「反省の危機及び苦行」)

②　今日の日本にあつては、已に個人主義、自由主義は完全に否認されてゐる。が惜しいかな、それには、国民的標語に留まる憾《うら》みなしとはしない点もなしとはしないのである。また戦場に於ける皇軍の将士が、一切を忘じ盡し、たゞたゞ君国に生死をゆだねて顧みざる事も事実である。戦場に於ける日本人の覚悟が世界に類を絶してゐる事は、今更我々の喋々を要しない所である。

然しながら、これらの将士も帰り来つてその位置を離るればまた純然たる一箇の国民であると共に市民である。軍人精神、帰還兵魂はよく、その日常を純潔ならしむる事を敢て疑はんとするものではないが、規律を離れ、市民に帰した人に万全は期し難いのである。吾々は日清戦争後に於て、著名な勇士の悲しむべき末路をも見てゐるのである。故に我々の欲する所は、戦場に於ける緊張の平素への持続である。（「見性以後」）

③　頼りなき平和を希《ねが》つた所で、まだ〳〵此先いつ何処の国と何処の国とが、俄に手を握るか判らないのだ。日本の興隆は実に彼等の邪魔になるからである。されば第二の国民などゝ云はず、第三も第四も悉く、戦の中に生れ戦の中に死する運命を擔《にな》つてゐるのだ。歴史はかく決定することを我等に命じてゐるのである。それが我等の道徳的精力の齎《もたら》す所の結果なのである。

戦に死は付物である。死を想ふときに、我等は生を想はざるを得なくなる。そこに生命の価値が生じ、生死に徹せざるを得なくなるのである。近頃の青年は、学校を出てもどうせ戦争に行けば死ぬのだから、勉強なんかしなくつても好い、遊べ遊べ、と云つてゐると云はれてゐるが、本当にそう決定してゐるならそれも中々偉いのだ。その人は勇んで死にに行くであらう。が実際は死ぬ事が恐ろしいのである。死に当面する事を厭ふのだ。生にあつては死を想ひ、死に当面しては生に執着し、執着するが故に自殺する、と云ふ結果もあるのである。（「結語」）

日中戦争時に於ける「南京攻略戦」に伴う日本兵による残虐行為をリアルに描いた石川達三の『生きてゐる兵隊』（「中央公論」一九三八年三月号）が発禁処分を受けたことが象徴するように、「戦争」に関する言説が厳しく制限されていた時代にあって、当たり前と言えば当たり前なのだが、如何なる「戦争」も人の生命を蔑ろにするという現実を、坐禅の「方法」や「実態」を説明しながら宮嶋は大胆に言い放った。そんな宮嶋の戦争観において、残念なのは戦争で「死」と直面するのは、日本人だけでなく戦争の相手国である中国人やアメリカ人、イギリス人、オランダ人、オーストラリア人といった外国人も「同じ」であるという認識がほとんどなかったという事実である。なお「戦争」と言えば、宮嶋には一九四二・昭和一七年三月号の「大法輪」に掲載された、「シンガポールは陥落した。（中略）我等の歓喜は今正に爆発の頂点である」の文から始まる「大東亜の経綸と仏教」というエッセイがある。その中で、宮嶋は次のように「戦争と仏教」との関係について書いていた。

已に大東亜十億の民衆は来つて共栄圏内に結束すべく眼前に迫つてゐる。此秋《とき》に当つて、我等仏徒として希願する所は、この十億の民衆に真に菩薩の願行を普《あまね》からしめん事である。（中略）

シンガポールの陥落を明確なる基点として、世界の動向は確実に転換を示してゐる。物質万能の理念は明かに揚棄された。人間を人間たらしむべき道念の世界が、取つて以て代らんとしてゐるのである。八紘一宇の御精神とは、人間が人間としての生活を生活せしめる事にある。人間は物質の番人ではないのである。人間が真に人間として生活するとは、生死の根源に徹する事である。それが人生問題の根本だからであり、そこに真実の精神文化が存在するのである。之を措いて他の文化、他の文明は一切が余戯である。高層の邸宅、絢爛たる服装に誇つた欧米文化が、その核心に於て如何に脆弱であつたかは、これを證して余りある。

　我等は飽くなく反復する。真の仏法とは、現世の反映を未来に繋ぐ極楽欣求ではないのである。仏法とは、ぐつと死ぬ事である。ぐつと死ぬとは、誓つて煩悩を断ずる事であり、一人の見るべき衆生なき境地への邁進である。希くば、此心を十億の民衆に徹せしめよ、これこそが大東亜共栄圏の確立なるが故である。米英と共に、国内の腐敗僧侶を屠《ほふ》れ。これこそ八紘一宇の大御心顕現への道である。

　シンガポール陥落に先立つ日中戦争下における「南京攻略戦」に取材した先の石川達三による『生きてゐる兵隊』（発表後、直ちに発売禁止にされる）には、「片山」という従軍僧が鉄砲代わりのスコップで敵兵や中国民衆の頭をカチ割る場面が描かれていた。また、「徴用作家」としてシンガポールに派遣された井伏鱒二の日記（心覚え）である『徴用中のこと』（一九九六年七月　講談社刊）には、日本軍によるシンガポール占領に伴い、シンガポールの中国系住民（華人・華僑）が何千人・何万人と広場に集められ、その揚句に「粛清」されたことが記されている。これらの事実を知り得る状況にある今となっては、この「大東亜の経綸と仏教」に躍る「八紘一宇」や「大東亜共栄圏」の言葉が、いかに「空疎」で「観念」的な戦場（戦争）の現実を知らない人間の言であったか、という事実に思い至る。

なお、アジア太平洋戦争において僧侶（仏教）がどのような役割を果たしたかについて、水上勉は『一休・正三・白隠』（ちくま文庫　八七年七月刊）の「鈴木正三《しょうさん》」の章で、正三が関ヶ原の戦いにおいて徳川側の武将として活躍したことに触れた後、「人を殺すことにおいては、関ヶ原の戦いも南京城攻略戦も同じであって、昔は剣や槍で相手をつき殺したが、明治以降は、鉄砲、大砲、爆弾で殺したのである」と書いた。そしてその後に次のように「戦争の悪」を弾劾した。

はなしがよこ道にそれるようだが、私が仏門にあった頃、昭和五年ころから十一年にかけて、中国侵略戦争が起きていた。禅宗寺院から数多い出征者が出た。雲水や沙弥たちだった。彼らの中には野戦で銃をとり天皇陛下万歳を叫んで死んだ人がいる。若い雲水は勇敢成る《ママ》兵隊になったが、老年組の師家たちは、従軍僧になった。本山天竜寺の塔頭寺慈済院（この塔頭寺の村上独譚師は、宮嶋の得度式を仕切った人である――引用者注）の老師などは、将校待遇で前線を巡錫督励し、人殺しの兵隊を激励して歩いた。老師ばかりではない、他山の管長、師家級の中にも、前線慰問に「出陣」した人は多い。この人々の言辞に、皇威発揚のことばはあったが、名もなき中国の無辜の民が殺されている現実への、慈悲のことばはなかった。

この水上勉の言葉に触発されたわけではないが、アジア太平洋戦争が終わったあと、「ペン部隊」（従軍作家）や徴用作家として「戦争協力」した文学者に対しては、「文学者の戦争責任」が問われた。戦後文学はそこから出発するという側面を持っていたが、宗教者（仏教、神道、キリスト教を問わず）の「戦争責任」に関しては、ほとんど問われることがなかったという歴史がある。戦時下を「暗黒の時代」として放置してきた思想史家、文学史家の「怠慢」としか言いようがないとしても、今後追求すべき課題であることに間違いないだろう。

なお、言わずもがなの事を付け加えておけば、水上勉の引用文にある「私が仏門にあった頃、昭和五年ころから十一年にかけて」と宮嶋が天龍寺の門をくぐった「一九三〇・昭和五年」とを併せ考えると、臨済宗相国寺派の本山相国寺の塔頭瑞春院の小坊主として過ごしていた水上勉と、天龍寺で出家得度し、雲水として京都市内を托鉢して歩いたりしていた宮嶋は、同じ場所で同じ時間の空気を吸っていたことになる。水上勉は、『宮嶋資夫著作集』（全七巻　一九八三年　慶友社刊）と『宮地嘉六著作集』（全六巻　一九八四〜八五年　同）の刊行を記念した講演会（八五年三月開催）で宮地嘉六について話をしたことがあるが、「奇しき縁」を感じる。

〈２〉過渡期（自力から他力へ）の証――『勇猛禅の鈴木正三』

宮嶋は、『勇猛禅の鈴木正三』を書くことになったきっかけについて、後に「顧問」となる大法輪閣の社長石原俊明に「鈴木正三について書いて見ないか」と声をかけられたからだ、と『遍歴』の中で書いていた。実際『勇猛禅の鈴木正三』は、原題『仁王禅を説いた鈴木正三』として「大法輪」の一九四〇年一〇月号から翌年の九月号まで一二回連載したものを、単行本化にあたってタイトルを改題したものである。「勇猛禅」と言い、「仁王禅」と言い、豊臣家から徳川家に権力が移行する動乱期に、五〇歳を過ぎて突然「武士」から「禅宗の僧侶」となった鈴木正三について、何故その「評伝」に取り組もうとしたのか、宮嶋の心境を想像するならば、そこには二つの理由があったと考えられる。

一つは、自分の「禅」へと至る道と鈴木正三のそれとが相似しているとの思いがあったから、である。「仁王禅を説いた鈴木正三」の「大法輪」連載時の第一回には、内外書籍株式会社発行の『大日本人名辞典』から「鈴木正三（一五七九―一六五五）」の項を引いている――この連載の第一回に掲示された『大日本人名辞典』から引いた「鈴木正三」の項は、単行本では巻末に掲載されている――。「本姓は穂積氏、俗称九大夫、正三はその名なり。後ち出家して更に之を法名とす。一に曰く、名は重三、玄々軒又石平道人と号す」で始まる「鈴木正三略伝」では、正三が二二歳の時に「関ヶ原の戦い」に徳川秀忠の家来として戦功をあげた後、上総（千葉県）の実家に帰るが、その後について次のように書かれている。

時に正三既に遁世の志あり、遂に家をその子に譲りて四方の寺院に賓したり。而も猶髪を落さず、後大坂の役あるに及び、正三再び出でて、本田出雲守の営に属し、是冬凱旋の時三州岡崎に於て始めて家康に見え、功あるを以て新たに二百五十石を賜り、翌年春家康出陣の時正三また之に従ふ、年三十七なり。後正三秀忠に奉仕して江戸城に居る。（中略）時に天下静粛にして武官稍《やや》隙あり、是に於て正三始めて身を仏門に委ぬ。秀忠その志を憐み碌をその子に給することを許す。正三乃ち他家の子を養ひ、公の謁見を得て家を継がしめたり。その子孫世々九大夫と称したりき。

正三性極めて強勇なり、常に曰く、人は丈夫心に住して生死を観ること一なるにあらずば、武士の武士たるものに非ずと。是に於て毎日眼を死の一字に注ぎ、死を観ること猶生の如くせんことを務めたり。

又嘗て曰く、仏寺の門外に仁王像と称するものあり、骨格強大にして、武勇畏るべき形あり、若し人此の如くならずば何を以て生死に勝つことを得んやと。是に於て又仁王禅の法をなして死に勝つことを錬磨す。その修行の事は門人恵中が著はす所の驢鞍橋に詳《つまび》らかなり。

前記した水上勉の「三河武士鈴木正三の場合」（『禅とは何か——それは達磨から始まった』（新

潮選書　一九八八年六月刊）によれば、鈴木正三は「武士の心構え＝主君のために命を捨てる覚悟」を裡に保持したまま四五歳で剃髪し、本格的に僧侶としての活動を開始するようになったという。この徳川秀忠に可愛がられた家来でありながら「四十五歳で剃髪」したという鈴木正三の経歴は、発禁処分を受けた『坑夫』で作家としての才能を世間に知らしめて以来、第一線の労働文学（前期プロレタリア文学）作家として活躍しながら、四五歳になって突然天龍寺（臨済禅）の門を叩き、その年の一〇月に得度式を挙げるまで「禅」に「自己救済」の可能性を見つけようとした宮嶋の軌跡と重なる。また、あくまでも「求道」一途な姿勢に関しても、鈴木正三と宮嶋は似ていた。『勇猛禅の鈴木正三』の第一章「風貌」に、以下のような文章がある。

正三の求道的態度には、平安朝以来の仏教に付物《つきもの》である所の、取り分け中途入道者に決定してゐる厭世悲観の影は見られない。寧ろ積極的な求道心こそが彼をして出家の道に駆り立てたと見られるのである。勿論世俗的な立場から見れば、四歳にして生死の一大事に疑着したとか、武士でありながら寺好みであり、非番となれば家事は人に委ねて参禅弁道に暮らしたといふ様な事は、世を厭ふやうにも見えるであろう。

然し判り切つた話であるが、人間が真実を求むるといふ事は世を厭ひ生を嫌忌《けんき》する事ではない。生を熱愛するが故に真実を欲するのである。自己が真実を求むる限り、社会に対してもこれを要求する。嫌忌するところは、それが邪悪と認められる限りに於てである。

このような文章を見ると、宮嶋は鈴木正三の姿を借りて自分のことを語っているように思える。なお、〈1〉の『坐禅への道』に関連して触れた宮嶋の「大東亜の経綸と仏教」などの論考とアジア太平洋戦争との関連でいえば、水上勉が先の『禅とは何か』の「第六章　三河武士鈴木正三の場合」の中で、「禅」とアジア太平洋戦争との関係を次のように書いていることも、宮嶋をして鈴木正三に向かわせた何等かの動機になっていたのではないか、と思われる。

大坂冬の陣では、秀忠の陣に敵が入ってきて、大立ち回りになったという。正三は首級を五つ六つあげたやもしれない。何につけ、自己体験から絞りだすように出たことばだから、この武士にあたえたことばもどこか殺気立っている。正三禅を武士道とむすびつけて、禅はずいぶん、戦争中に軍部将校に尊ばれた時代を私は知っている。なるほど、正三は、人を殺すことは、仏法を修験道に変える、といった盤珪《ばんけい》のようなことはいっていない。同時代を生きた禅僧に臨済宗ではやがてのべる沢庵や、白隠がいる。盤珪もそうだが、徳川体制下の平穏無事を、これらの僧たちはどう切りぬけたか、正三の雄猛心あふるる処世禅にかさねて考えてみるのも、これからの課題になってくる。

また、宮嶋が「鈴木正三」に深い関心を持つようになったもう一つの理由として考えられるのは、彼の宗教観（仏道観）が宗門や権威に捉われず「自在」だったからということがある。具体的には、臨済禅に帰依しながら、曹洞宗の開祖道元の『正法眼蔵』に深い関心を持ち続け、また浄土宗（法然）や浄土真宗（親鸞）の「念仏（南無阿弥陀仏）」も、「生死事大」や「（自己及び衆生の）救済」を考えるならば大いに認めるべきであるという正三の仏教観（宗教観）に、一〇年以上「禅門」にありながら今一つ「悟り」の境地を持続できていなかった宮嶋は共感したのではないかということである。宮嶋は、正三の「念仏」について、次のように書いている。

正三の念仏とは、阿弥陀仏に頼み参らするにも非ず、たゞ自己の妄念を打消す修行である。だから彼は例の理論家にも、

『お前などもたゞ念仏申《まうし》になられるが好い。法然等も念仏のほかは菩提の為になる事を知らずと云つて、一枚起請二枚起請三枚起請まで書いておかれた。自分も此行をよく思ふ。第一此行には病がつかない。大鐘を胸の中でぐわん〳〵と叩き込んで、南無阿弥陀仏南無阿弥陀仏と力を出して唱え、悪業を少しも面出しさせず、平生此の如く用ひて念を滅すること――』と肝要を説き、又ある時は衆に示して、

『ある男が法然上人に後世の願ひやうを訊ねた所、上人は、後世を願ふと云ふのは即今直ちに頸を切られる者の心になつて念仏を申す事である、と答へられたと云ふが、これは実に好い教えだ。真にかういふ態度で念仏しなければ、我執を盡すことは出来ない。――』と云つてゐる。（「死に

習ふ心」）

この正三の「念仏」観は、『勇猛禅の鈴木正三』を書いたころの宮嶋の次のような禅宗（臨済禅）への「疑念」に、一つの答えを用意するものだったと思われる。

さて、現代に於ける我々の修行への困難は、何よりも此の単純な方法に安んじて従ひ得ない点にあるのである。一切の迷妄は生死の根源に徹し得ない所から派生すると聞いてかく信ずる。併しながら、と又考へるのである。生死の根源に徹し得たならば、果たして一切の問題は解決するであらうか。彼の尾州の一老農は、末後に当つて、夢ぢやさ、の一句によつてよくその解脱の境地を示してゐるが、それは果たして彼が一切の問題を解決してゐるのであらうか。と、我々の疑惑を、彼の解脱の中にまで移入して考へてしまふのである。が、尾州の老農それ等の事には頓着なく、理屈を超えた夢の中に解脱してしまつてゐるのである。かくて、我々は再び我々の疑惑の中に取り残されてしまふのである。そして、解脱とは一切の思想、疑惑を超越し、或はそれにバックする所の境地に心づくのである。

又、禅は一切の学問・芸術、云はば文武百般、我々の生活を挙げてその根底に通ずるものであるとしばしば云はれる。と直ちに、然らば大悟徹底したならば、哲学も科学も芸術も、欲するまゝに学び得られ、表現操作の一切が可能となるかと云ふやうな、誠に身勝手な考へにすら陥入

り易くなるのである。（傍点原文　同）

つまり、正三は「坐禅念仏」を説いたというのだが、それは禅門に入って一〇余年、未だ「悟り」の境地を獲得できていない宮嶋自身が苦しみ・悩んでいた「自力」の不可能性に、一つの方向性（解決）を与えてくれるものでもあった。なお、正三は自ら説いた「坐禅念仏」の「本質」と「自在さ＝融通無碍」について、その著『念仏草紙』（著作年不詳）の中で、次のように書いていた。

　心のいたらざる人は、念仏往生をあさき事におもひ、余の法をふかくおもふもあるべし。是、即《すなわち》、正理をしらざるゆへ也。古来より坐禅工夫、観念、観法を用るも、念仏わうじやう《(往生)》にかわらんや。禅宗には、万事の中に工夫をなし、工夫の中に万事をなせとおしへおかれ候。何れのをしへにも、坐禅観法の外はなし。念仏往生を用る人は、おぼえず坐禅の機にかなへり。総て、もろもろの仏像をよくよく見給ふべし。何も禅定の体ならぬかたちはなし。さる程に、一筋に他力本願をむねとして、名号をとなへ奉る心中に、仏体有る事うたがひなし。

「他力本願」を旨とする「称名念仏」も「坐禅」により自己救済を願うことも同じだというのだが、宮嶋は『勇猛禅の鈴木正三』を執筆していた時期について、『遍歴』の中で「私のアル中はまた激しくなった」、「酒毒、五十三才の私もとうとう狂ったのか少女と恋愛した。（中略）世間では、ザラにあることかどうか知らないが、不自然なこの恋愛には私も苦しんだ。（中略）老年の恋愛なんて夢のようなものである。別れてしまふとさばさばと忘れてしまつた」と記している。そして、正三の「坐禅念仏」について、白隠禅師などの禅門の先達が禅の「修行」や「悟り」の在り様を「誇張」して記録していると批判した後に、「正三もこの弊を嘆いてゐる」と指摘し、次のように書いていた。

また正三は、とかく悟りを求むる仏法は危し、と云つて多くの俗人に念仏を進めてゐる。法然上人などは、悟らずして悟つた人と云ひ、弟子恵中は遂に念仏行者になつたと伝えられてゐる。或人が正三に仏法を聞くと、我れ仏法のよきことを知らず、ただ我が悪しき事を知る、と云ひ、とても我等凡夫生二生の修行で成仏などは叶はぬこと故、ただただ修し修して修しつめて行くばかりだとも戒められてゐるのである。修行こそ、正三仏法の根底である。我々が悟りを求めたいと思ふときは、已に安楽の境地を望んでゐる。そして安楽そのものは、仏の説かれる苦楽を超えて苦楽をいとはぬ安楽ではなく、我々が平生求めてゐる安楽の感じが移入してゐるのである。そして、その安楽が得られない、と言つてなげいてゐる。それが私の現状であつた。修行の中にこそ安心があるのである。（「禅病・停滞・無変化の苦悩」『遍歴』）

これを読むと、「安楽」を求めながら「安楽」が得られないジレンマの中で、必死に自分が信じた禅の力（自力信仰）を恃《たの》みながら、しかし「煩悶＝懐疑」から抜け出せない自分を持て余していた宮嶋の姿が彷彿としてくる。先の引用に続く、次のような述懐こそ宮嶋の当時の心境を語るものはないのではなかったか。

驢鞍橋（弟子の恵中が記した正三の仏道修行の書——引用者注）に接すると、むち打たれる感じであつた。が、境地は更に変わることはなかつた。摩訶止観も二度三度繰返し読んだ。が難解だつた。酒癖は更に収まらなかつた。（中略）

時々光が射して来た、と思ふと消えてしまふ。もとの闇黒である。何と単調な生活なのか。人間は誰もがかかる生活をしてゐるのか。多くの人は職業を持ち、或いは学者として芸術家として政治家として活躍してゐる。彼等の心に不安はないのであらうか。こんな幼稚な考に耽ることもしばしばあつた。平林寺の周囲にはまだ武蔵野の俤《おもかげ》が残つてゐる。独歩の武蔵野を読むと、日本の風景ではなく、イギリスかどこかのような感じを与へる、などと想ひながら、私も武蔵野を歩いた。風物によつて心を慰めようとしたのである。大体こんな了見が間違つてゐたのである。禅門の修行をするものなら、浮動する我心、これなんぞ、と四六時中詰めてゐなければならないのであるが、周囲の風物によつて何者かを得ようとしたり何か自分が自然と同化したような了見をもつ所に、生活の沈滞が生じて来る。正三は修しつめ、修しつめよ、と常に戒めてゐる。（中略）そして、ともすれば床に古人の墨跡をかけ、抹茶をすすつて俗塵を脱した気持ちになつてゐ

る。これでは幼稚な精神修養以上に出ないのである。本当の解脱、救済は、更に切実深刻な道程を要求する。(同)

繰り返すが、「一〇年余り」禅道修行しながら、宮嶋は未だに「本当の解脱・救済」を得たという確信を持てなかった。「自力本願」を旨とする禅の精神を獲得するのに、「限界」を感じていたのかもしれない。「限界」は「迷い」を誘発する。宮嶋は、戦時下から戦後へという「激動の時代」を何とか生き抜くことで、「在家仏教」の存在に触れ、次のような「別な道」が存在することに気付く。

私としても今日迄、少しもそれ(在家仏教家になるということ――引用者注)を考へないと云ふのではなかつた。自己の得道を後としても、他の得道を希むといふ事は常に説かれてゐる。また私自身が救済されたとしても、私だけが安楽の地に座して、他の人々が苦悩にあえいでゐるのを得意になつて見てゐるようなのが、仏教でない事は判り切つた話である。が、自分が苦悩から脱出したい要求に迫られる余り、自らそれ等の問題と遠ざかつてゐた事は事実である。即ち余りに自己に没頭し、いつとはなくエゴイスティックな状態に陥入つてしまつてゐたのだ。(「転換の動機」)

このように自分自身の宗教（禅宗）生活を総括した以上、「禅」を離れ、念仏宗（浄土真宗）に近づいて行くのは、時間の問題であった。

終章

「真宗」に帰す

宮嶋が「臨済禅」の出家者から「浄土真宗」へ「宗旨替え」したその内的理由については、「辛い」坐禅を中心とした修行を一〇余年続けてきても、一向に「(自己及び衆生の) 救済」が進まず、前章の終わりの方で触れたように、年を経るごとに「悟り」からも遠ざかり、代わって「酒」や「(若い女性との) 恋愛」に逃げ込むということがあったことが、第一に考えられる。また、五〇歳を過ぎて「我が煩悩」に立ち向かう気力も体力もなくなってきていた、ということも考えられる。言い方を換えれば、宮嶋は出家したとはいえ、禅寺の住職になるわけでも、また鈴木大拙などのように禅学者（大学教師）になるわけでもなく、「一介の雲水」として「悟り」の境地に辿り着くことを希求し続ける日々に、晩年の宮嶋はもう疲れ切っていたのではないか、ということである。「アル中」的な飲酒、そして五〇歳を過ぎてからの「恋愛」は、まさに宮嶋が「苦悩」の末に「精神の平衡」を失い、「狂ってしまった」ことの一つの現れだったのではないか、ということになる。

そんな日々に追い打ちをかけたのが、「戦時下―敗戦」という社会状況にほかならなかった。戦争中は、「銃後」にあった宮嶋も、三男の「秀」が学徒出陣で兵士に、また次女の夫も召集されるなど、自分の意思とは関係なく否応なく戦時体制に組み込まれていった。宮嶋は、自身の戦時下における暮らしの一端について『遍歴』で次のように書いていた。

小倉山の艸庵でただ一人暮らす私も、隣組長などやらなければならなかつた。そして多分に洩れず栄養失調となつた。何をして暮らしたのか。警戒警報と空襲警報。昼は頭上を銀翼を輝かして飛ぶB29が、東部軍管地区に入つたと聞いては九十に近い母が、防空壕に入る痛ましい姿を想ひ浮べて頭を痛くした。好い加減な戦報を聞いたり、倅に面会するために身動きもできない汽車に乗つて空白な年を送つてしまつたわけである。(「禅病・停滞・無変化の苦悩」)

そのような日々を過ごすうちに、宮嶋は次第に「自力本願」を旨とする「臨済禅」を我がものにするには「力不足」や「限界」を感じるようになり、「他力本願」の「浄土真宗」へと近づいて行った。

終戦の前年から私は、波多野博士の『時と永遠』と河口慧海師の『西蔵旅行記』を耽読してゐた。私はこの二つの書物によつて心を打たれ励まされて暮らしてゐたのである。『時と永遠』に於て、博士は驚くべき該博な学と、精緻な論理と、それにも増し、尊敬すべき体験によつて、吾々の自力を否定した神の愛を説いておられる。それは真宗の教義と異る所はないと私には思はれるのである。行文もなだらかである。彼の一派の独逸流の表現といふか、何々的の何々が何々である、といふような螺旋的な難解はないが、真の意味に於て中々参到し難い書物である。何回反復したか判らないが、本当に理解し得たとは今以て考へていない。が、絶対者の前にひれ伏して、自己を捧げ尽さない限り、救済される道のない事を深く心に感じた。河口師は近世稀に見る、志操堅固な持戒の僧である。西蔵に入国を企てては死も辞せない。雪の曠野に羊を抱いて野宿したり、女犯をすすめられては釈尊の弟子たる光栄を思つて、死を覚悟して自己を守る、一面から見れば素晴しい冒険であるが、河口師自身は冒険とは思つてゐない。ただ真正仏道のために、西蔵の仏典研鑽の欲願があるばかりだ。そのためには生をも忘れておられる。(同)

宮嶋の「禅」への疑念は、戦時下において「禅」が「救済」よりは「精神修養的」なものへと変質していったことを目の当たりにして、そのような「上辺《うわべ》」の宗教活動では「我々凡愚の衆生は救われない」との思いから、「念仏＝浄土宗・浄土真宗」への傾斜をますます強めていった結果であった、と言っていいだろう。

法然上人のみではなく、いにしえの浄土門に帰せられる僧は悉く《ことごと》、聖道自力の門から出ておられる。そして何れも言葉こそ違え、我が身はこれを出離の期なき罪悪生死の凡夫なることを痛感し、我が身に自己を救ふ力の微塵もなき事をさとつて、阿弥陀の本願回向に帰命されたのである。況や私如き、無学不徳、低下が中にも低下の凡愚に、どこに自ら解脱し救済すべき力があるのであらうか。阿弥陀の誓願不思議にたすけられまいらせて、往生をばとぐるなりと信じて、念仏まうさんとおもひたつこころのおこるとき、即ち摂取不借の利益にあづけしめたまふなり。と云ふ歎異鈔の文句が心に染みた。そして、地獄は一定すみかぞかし、といふ、親鸞聖人の深刻な反省が心を打つた。（「転換の動機」）

周知のように、「弥陀の誓願不思議にたすけられまゐらせて（中略）摂取不捨の利益にあづけしめたまふなり」は、『歎異鈔』第一条の冒頭の言葉であり、「（いづれの行もおよびがたき身なれば、とても）地獄は一定すみかぞかし」も、同じく『歎異鈔』第二条中の言葉で、親鸞（浄土真宗）の修行＝「他力本願」の思想をよく表したもの、と言うことができる。戦後派作家の野間宏はその著『歎異鈔』（一九六九年刊）の中で、この第一条について、次のように書いていた。

第一章《ママ》は、他力浄土門、他力念仏門の成立する根拠を明らかにしているものである。ここに明らかにされている根拠にもとづいて、他力念仏門ははっきり成立しているのである故、専修念仏者はこの根拠のうえにつねに立つべきであり、専修念仏者はひたすらそのようにするほかに別にすべきことはないのである。……私はこのように考える。

宮嶋は、戦時下に於ける「栄養失調」や長年にわたる「過度の飲酒」が原因であったのか、戦後になって胃潰瘍を患い、手術することになるが、そのような「死」を意識する経験の後、現在が「原子力時代」を迎えているとの自覚を得て、「地球が破滅し、我々人類が絶滅したらどうなるか」といった危機感を抱くようになる。これまで見て来たように、作家になってからも、また出家得度してからも、宮嶋は「宿痾」と言ってよいぐらいに社会と自己との関係を真摯に考え、その動向に敏感に反応する生活を続けてきた人間である。そのような人間としての在り様は、最期まで変わらなかったと言っていいだろう。『遍歴』の最終章「真宗に帰す」に、次のような文章がある。

人間は今正《まさ》にこの危機の前に立つてゐるのだ。そして、何とか自己のはからいを以て、この危機を切り抜けるべく右往左往してゐるのである。がおそらく、自己のみの欲望遂行の要求を擲《なげう》たない限り、この危機は永久に去らないであらう。そしてその要求を擲つとは、絶対他力の前にぬかずく事である。人間は世界全体を挙げてそこ迄追い込まれて来てゐる事を私は痛感する。
殊に日本の如きは、前にも云つた如く俎上の魚である。我が運命を、自ら決定すべき力もなくなつてゐる。少しばかりの武力があつても、原子力の時代にはどうにもならないのである。そして、その武力も已に擲ち、絶対平和の宣言をしてゐるのである。茲に到つて、未練がましくとやかくいふ事はないであらう。ただ絶対他力に任せて、各人が各自の業務にいそしむ、聖徳太子の精神に立返る以外に道はないであらう。それが世界に対して放つた平和宣言の実践である。世界に愛される国民になれと云ふような、物欲しそうな媚態をやめて、ただ絶対者に帰一するのみである。安全保障理事会などと云つても、その理事会が已に安全を脅かされてゐるのである。頼むべきものは一つもない。（「真宗に帰す」）

戦後も七〇年以上が経った今日から見れば、このような宮嶋の世界観・社会観は、「日本国憲法」に象徴される戦後の「平和と民主主義」思想を生のまま反映したものと思えるかもしれない。しかし、アジア太平洋戦争の「敗北」について次のような考えを持っていたことを知ると、宮嶋の「戦後」への期待は本心から出たものであった、と納得することができる。

敗戦の結果、民主主義の世の中になつた。もしこの戦争に勝つたならば、軍人の力は大変なものになるだらうとは思はれた。そしてそれが強くなればなるだけ、圧縮されたものの反撥する社会的変革の凄惨な様相も予想された。私は戦争に負けたくなかつた。が、勝てば国内に於ける痛ましい闘争は必然である。矛盾した悩みがあつた。敗戦の結果、無血革命が成就したと世間では云つてゐる。然し国内に於ける非戦闘員の犠牲だけでも無血ではなかつた。血は祭壇に注がれたのである。（「禅病・停滞・無変化の苦悩」）

そして、次のような「心位」を得た後に、最後の著書である自伝の『遍歴』の刊行を見ることなく、一九五一・昭和二六年二月一九日、京都嵯峨野の遠塵庵にて、三男の秀氏に看取られながら、享年満六四歳六か月余りの生涯を終えたのである。

昨年、病院にゐた頃、夏の朝明け、他の患者も眠つてゐる頃から起ては、歎異鈔を拝読した。しみじみと心にしみた。が嘗て、僧堂で初関透過、所謂見性したときの如き亢奮はなかつた。親鸞聖人は、念仏しても、何故に踊躍《ようやく》歓喜の心起らないのか、といふ唯円の疑念に対して、よろこぶべきをよろこばざるは煩悩の所為なり。と答へておられる。誠に阿弥陀大悲の光を仰げば仰ぐほど、己れの罪悪深重、煩悩熾盛《しせい》を痛感するばかりである。親鸞聖人は、終生己れを、愛欲の広海に沈没し、明利の大山に迷惑して、宝聚《ほうしゅう》の数に入ることを喜ばず、真証の証に近づくことを快《たの》しまず、とか、浄土真宗に帰すれども、真実の心はありがたし、虚仮《こけ》不実のわが身にて、清浄の心もさらになし、小慈小悲もなき身にて、有情利益はおもふまじ、如来の願船いまさずば、苦海をいかでかわたるべき、と悲嘆しておられる。私はそれを誠に有り難く思ふ。（「真宗に帰す」）

宮嶋資夫は、ついに「悟り」を得た、と言っていいのではないだろうか。

宮嶋資夫・年譜（附・著作目録＝＊印）

＊年齢は数え年

西暦	和暦	歳	年譜
一八八六	明治一九	一歳	八月一日、東京四谷伝馬町に父貞吉、母ふみの四男として生まれる。父は元大垣藩士で当時農商務省に勤務していた。母は旗本秋山家に生まれ、同じく幕臣の落合氏の養女として育つ。資夫は本名信泰。兄は全て夭折、姉三人、弟二人、妹一人。
一八九〇	明治二三	五歳	この年の正月頃から父の激しい折檻が始まる。
一八九一	明治二三	六歳	私立井上学校に入学。この年の冬、母は父とのいさかいから家出（自殺？）を企てるが、資夫に阻まれる。
一八九二	明治二五	七歳	この年、成城学校の教師から漢学を習う。
一八九三	明治二六	八歳	公立の四谷小学校に転校する。
一八九四	明治二七	九歳	父が相場に手を出して失敗する。その上、行政整理の対象となり、農商務省を辞める。この年の一一月、父が世話をしていた「柴田の小父さん」に連れられて山形へ行く。
一八九五	明治二八	一〇歳	山形で正月を迎える。山形県立師範学校の付属小学校に転入。三月、同校の尋常科を卒業。四月、腎臓病を患い、五月に帰京し、四谷小学校の高等科に編入。
一八九六	明治二九	一一歳	九月、父が台湾県庁に赴任する。残された七人の家族は母の実家に身を寄せる。
一八九七	明治三〇	一二歳	高等科の成績が振るわず、蛟龍塾で勉強をさせられる。この頃、短刀や刀に興味を覚え、購入する。また、信心深い母に連れられて浄土真宗の寺に説教を聞きに行く。

一八九八	明治三一	一三歳	実業の世界で身を立てることを父に勧められ、砂糖問屋の小僧になる。
一八九九	明治三二	一四歳	四月、長姉はるが画家の木下藤次郎に嫁す。木下と資夫は余り仲が良くなかったが、芸術家の木下の存在は後の資夫に様々に影響を与えた。
一九〇〇	明治三三	一五歳	春、父が台湾から帰る。夏、砂糖問屋を辞め、一〇日間ほど羅紗屋の小僧となるが、晩秋には三越呉服店の小僧となる。この三越時代に尾崎紅葉や幸田露伴の小説を読み、文学に進みたい願望を持つ。露伴に弟子入りの手紙を書く。
一九〇一	明治三四	一六歳	四月中旬、弟子入りの希望を持って露伴宅を訪れるが、断られる。三越呉服店で待遇改善を求めたストライキを計画し、指導者と見なされる。夏、脚気を理由に三越呉服店を辞める。一一月、一ヶ月ほど簿記学校に通う。
一九〇二	明治三五	一七歳	六月、日本橋薬研堀の歯科医安富晋の書生となり、ドイツ語、漢文、修辞学、心理学等を学ぶ。同時に国民英学会に通い、英語を学ぶ。この頃、泉鏡花の小説を耽読する。
一九〇四	明治三七	一九歳	四月、渡米を計画するがトラコーマ（眼病）のため断念させられる。富安塾は辞め、メリヤス職工になる。また、絵草紙、絵葉書に彩色して売り、自活する。ここで手伝いに来ていた一四歳の少女に恋をし、烈しい神経衰弱にかかり、「自殺願望」を抱きながら横浜まで行くが、自殺できず、早稲田で羊の牧場をしていた知人の仕事を手伝ったり、砲兵工廠の人夫となる。また、この頃「火鞭」を知り、一時的だが社会主義に近づく。

一九〇五	明治三八	二〇歳	義兄木下藤次郎の紹介で、万朝報記者の山県五十雄の経営していた東西社が刊行していた「英学生」の広告取り、編集の手伝いをする。また、この頃「米相場」（蛎殻町の米穀取引所）に手を出し、失敗する。
一九〇六	明治三九	二一歳	この年の暮れ、兜町の「大里」の手代となる。
一九〇七	明治四〇	二二歳	兜町の「加東」という店に移る。金を儲けて女に夢中になって店を追い出される。兜町にいられなくなり、大阪へ行き「鬼権」（金貸し業）の手代となる。
一九〇八	明治四一	二三歳	大阪から帰京。牛乳屋の手伝いをし、後自分で牛乳屋をする。
一九〇九	明治四二	二四歳	親戚が経営していた茨城県高萩市郊外のタングステン鉱山（高取鉱山）で事務員として働く。
一九一〇	明治四三	二五歳	タングステン鉱山から帰り、再び兜町で三ヶ月ほど働く。
一九一一	明治四四	二六歳	五月、懇ろになった女性と短刀による心中事件を起こし、女性だけ死ぬ。傷が癒えた後、土工となる。一〇月、義兄の木下が亡くなったのを機に土工を辞め、ある工場機関部でボイラーマンとなる。
一九一二	明治四五・大正元	二七歳	春、「愚劣な間違い」（「転々三十年」）、「無茶苦茶な真似」（「簡単な過去」）をして、未決囚として拘置所送りとなる。拘置所を出所した後、材木担ぎ、折箱屋の職人、魚河岸の軽子やボテフリの魚屋をする。
一九一三	大正二	二八歳	古くからの知り合い宮田修の始めた「哲学の会」に加わる。

一九一四	大正三	二九歳	春、神楽坂の古本屋で「近代思想」を買い、大杉栄と荒畑寒村たちがやっていた「サンジカリズム研究会」の事を知り、参加する。因みに、「近代思想」が「サンジカリズム研究会」のことを記事にしたのは、一九一三（大正二）年八月号、九月号、一四（同三年）二月号の三回である。 五月、牛込区会議員に立候補していた坪谷善四郎（水哉）の選挙事務所で働く。この時、宮地嘉六と知り合い、後一ヶ月ほど共同生活をする。この頃、露店の古本屋を始める。夏、『坑夫』の未定稿『坑夫の死』を書き、宮田修の紹介で「国民文学」を出していた窪田空穂に読んで貰う。窪田は、長編小説にすることを資夫に勧める。 一一月、「哲学の会」に来ていた「婦人評論」記者八木麗子（ウラ子）と結婚する。 この年、「都新聞」（現「東京新聞」）の通信員となり、露店や鬼権のことなどを書く（未見）。
一九一五	大正四	三〇歳	二月、大杉栄、荒畑寒村らと「平民新聞」を街頭配布する。三月、平民講演会に参加する。 五月（一三日）、長男伸生まれる。この月、リーフレット「労働者」を発刊し、資夫は発行人となる。「労働者」は二号で廃刊。六月、小石川水道町の故木下藤次郎の水彩研究所に移り、ここで大杉や荒畑らと「平民講演会」を開く。 一〇月、「近代思想」の復活号が発刊され、資夫はその発行人となる（復活三号まで）。「近代思想」の補償金の為、都下調布市に家族ともども移る。 ・一一月「職業病」（報告）「近代思想」 ・一二月「労働者の障害」（同）「近代思想」

一九一六	大正五	三一歳	二月（一八日）、次男克生まれる。この年、田戸正春のやっていた上野観月亭で開かれた「平民講演会」で大杉、荒畑らと共に検挙される。「平民講演会」は五月二四日、六月四日の小石川宮嶋資夫宅での開催を最後に解体する。 ＊一月　処女作『坑夫』（近代思想社刊）を刊行。刊行後すぐに発禁処分を受ける。 ・〃　労働者の共に与ふ（評論）「近代思想」 ・〃　「貧しき人々」（広津和郎訳）（書評）「近代思想」 ・九月　一種の手淫に過ぎない（随筆）「新社会」
一九一七	大正六	三二歳	前年一一月九日に起きた「葉山日蔭茶屋事件」を直接の契機として、この頃から大杉栄や伊藤野枝と疎遠になる。 ・一月　予の見たる大杉事件の真相（評論）「新社会」 ・六月　陥穽を読む（書評）「新社会」 ・九月　恨なき殺人（小説）「新日本」
一九一八	大正七	三三歳	この年、九州から上京した「原」に誘われ、再び相場に手を出し、放蕩する。 ・一月　予の見たる鬼権（随筆）「変態心理」
一九一九	大正八	三四歳	二月（二六日）、長女玖生まれる。春頃から高畠素之に英訳本『資本論』の講義を週一回受ける。大杉たちの労働運動社とは仲違いする。 一二月、比叡山に辻潤、武林夢想庵を訪ねる。

一九二〇	大正九	三五歳	一月初旬、東京を引き払い家族で比叡山の僧坊で暮らす。五月、加藤一夫に誘われ、大阪の自由人連盟の講演会にて話をする。八月、妻と子供を東京に帰す。九月、比叡山を下山し東京での文筆生活に入る。 ・一月　母と子（小説）「新公論」 ・三月一日〜五日　山上より（評論）「東京日日新聞」 ・六月　雪の夜（小説）「新時代」 ＊〃『恨なき殺人』（小説集）聚英閣 ・一〇月　土方部屋（小説）「解放」 ・〃　余りに優しい弱い人―宮地嘉六氏の印象―（随筆）「新潮」 ・一二月　暁愁（小説）「新潮」 ・一二月一一日〜二一（大正一〇）年三月一五日（四七回連載）犬の死まで（小説）「東京日日新聞」
一九二一	大正一〇	三六歳	四月、アナーキストの高尾平兵衛、和田軌一郎、吉田一、後藤謙太郎らと労働社を結成し、「労働者」を刊行する（編集・印刷人・吉田一、後高尾平兵衛、殿水照之助に代わる）。「労働者」は一九二一（大正一〇）年四月一五日号から翌年五月二〇日号まで一〇号発行する。 一一月（二六日）、次女利生まれる。一二月、有島武郎、藤森成吉、秋田雨雀らと大阪に行き「露国飢餓救済募集」の講演会で話す。この年の秋、野口雨情に誘われて童話を書き始める。この年の暮れには、栃木県那須で一人暮らしをする。

一九二一	大正一〇	三六歳

・一月　社会主義運動の現状（評論）「新文学」
・三月　角兵衛の子（小説）「新文学」
・〃　残骸（小説）「大観」
・〃　国定忠治（社会講談）「改造」
・四月　大杉栄論（評論）「解放」
・〃　老火夫（小説）「太陽」
・四月一五日・五月一五日・六月二五日　偶感独断録（上）（二）（三）（評論）「労働者」（『第四階級の文学に収録の際「小資本家的知識階級に対する反感」と改題』
・五月　閃光（小説）「小説倶楽部」
・五月三一日〜六月三日　断片（評論）「東京日日新聞」（『第四階級の文学』では「断片（一）」
・六月　さまよい（小説）「人と運」創刊号
・七月　失職（小説）「解放」（後に『流転』と改題）
・〃　竹川森太郎（社会講談）「改造」夏季増刊号
・一〇月　比叡の雪（随筆）「種蒔く人」
・〃　赤いコップ（小説）「文章倶楽部」
・〃　道草（小説）「太陽」
・一〇月二〇日〜二二日・二五日　断片（評論）「東京日日新聞」（『第四階級の文学』収録時に「断片（二）」と改題）
・〃　奇術師（童話）「金の船」

一九二一	大正一〇	三六歳	・一一月　転々三十年（自伝）「文章倶楽部」 ・一一月一二日　原観吾氏へ（書簡）「東京日日新聞」
一九二二	大正一一	三七歳	・四月、画家の工藤信太郎に誘われて房州（千葉県）根本（現白浜町）に転居する。根本では翌々年の一〇月まで暮らす。 ・一月　虚脱者（小説）「解放」 ・〃　社会主義学説（評論）「我等」 ・〃　労働文学の主張（評論）「解放」 ・〃　一九二二年以後の趨勢（アンケート）「改造」 ・一月二八・二九・三一日、二月一・二日　第四階級の文学（評論）「読売新聞」（五回連載） ・二月　銀の鞭（童話）「金の船」 ・〃　大隈侯人物評（アンケート）「大観」 ＊三月　『第四階級の文学』（評論集）下出書房 ・〃　星になった友を子にした話（童話）「金の船」 ＊〃　『国定忠治』（社会講談）金剛社（未見） ・四月　悪い易者（童話）「金の船」 ＊五月　『犬の死まで』（小説集）下出書房 ・五月一八・三一日、六月一四・二八日　国定忠治（社会講談）「労働週報」（前掲単行本と同文） ・六月　安全弁（小説）「解放」

一九二二	大正一一	三七歳	・〃　破れた股引（小説）「太陽」 ・六月一三日〜七月二二日（四〇回連載）　憎しみの後に（小説）「報知新聞」夕刊（原題「憎しみの頃に」） ・七月　憂鬱の家（小説）「中央公論」 ・八月　自らを語る（随筆）「表現」 ・八月二八日、九月二七日、一一月二一・二八日、一二月四日　竹川森太郎（社会講談）「労働週報」（前掲と同文） ・九月　あこう鯛（小説）「解放」 ・〃　監獄部屋の話（評論）「改造」 ・一〇月　悪い王様と渦の話（童話）「金の星」 ・一一月　石臼の上台のない村の話（童話）「金の船」 ・一二月　今年中一番私の心を動かした事（アンケート）「中央公論」
一九二三	大正一二	三八歳	九月一日、根本にて関東大震災に遭遇する。即日根本より上京するが、保護検束を受ける（四日頃）。この時、大杉栄と伊藤野枝と甥の橘孝一が憲兵に虐殺されてことを知り、アナーキストたちと白山の南天堂や上野の三宜亭に集まる。 ・一一月（八日）、三男秀生まれる。 ・一月〜八月（八回連載）　水滸伝（童話）『金の星』 ・二月　華族の「邸宅解放」に対する批判（アンケート）「解放」 ・三月　野呂間の独言（小説）「新興文学」 ・〃　迷乱（小説）「解放」

一九二三	大正一二	三八歳	・四月　旧主の来訪（小説）（未見） ・六月　ある部屋での話（小説）「解放」 ・六月二六日～八月六日（四一回連載）　仮想者の恋（小説）「東京朝日新聞」 ・八月　その頃のこと（小説）「中央公論」 ・九月　富豪窟探検―大玄関と奥庭―（随筆）「解放」 ＊一〇月『流転』（小説集）新潮社 ・一一月　追憶断片―大杉栄追悼―（随筆）「改造」 ・一二月　真偽（小説）「改造」
一九二四	大正一三	三九歳	・三月～五月（三回連載）　水滸伝（童話）「金の星」 ・四月　混惑（小説）「新潮」 ＊五月『黄金地獄』（長編）萬有社 ・七月　二つの事件（小説）「中央公論」 ・〃　両面（小説）「新小説」 ＊〃　『憎しみの後に』（小説集）大阪日日新聞社 ・八月～一〇月（三回連載）　竹川森太郎（社会講談）「自由」（前掲と同文） ・九月　高萩赤城八月の日記（日記）「文章倶楽部」 ・一一月七・九日　不安憂鬱時代（評論）「秋田魁新聞」
一九二五	大正一四	四〇歳	・二月、水野葉舟の勧めで千葉県三里塚の開墾小屋にて近藤茂雄と二ヶ月間暮らす。 ・一一月、加藤一夫、新居格、江口渙、木村毅、辻潤、高群逸枝らと「文芸批評」を創刊する。また、この月、「萩原恭次郎の会」に参加する。

一九二五	大正一四	四〇歳	・四月・五月　太兵衛と極楽（童話）「赤い鳥」 ・五月　此頃の私の生活（随筆）「文章倶楽部」 ・六月　非流行作家の受けた侮辱（小説）「中央公論」 ・八月　少年の頃―寂しい思出―（随筆）『少年少女叢書』 ・八月八日　縁のない事〝局外展望〟（談話）「東京日日新聞」 ・一〇月八日　「文芸批評」の出生に際して（随筆）「読売新聞」 ・一〇月・一一月　不思議な芟《くさかりがま》（童話）「童話」 ・一一月　創刊の辞（評論）「文芸批評」 ・一二月　朽木（小説）「文章倶楽部」
一九二六	大正一五 ・昭和元	四一歳	・一月　三人の片輪が大蛇を退治した話（童話）「金の星」 ・二月　山の鍛冶屋（小説）「解放」 ・〃　雑信寸評（随筆）「解放」 ・〃　当り前のこと（随筆）「文芸批評」 ・〃　無題（詩）「文芸批評」 ・〃　生笹（童話）「赤い鳥」 ・三月　憐れなる彼の繰言（評論）「文芸行動」 ・四月　矛盾だらけ（随筆）「不同調」 ・〃　蝿取りベンベクス（童話）「金の星」 ＊四月　『金』（長編）萬生閣 ・五月　海辺追憶（小説）「地方」

一九二六	
大正一五・昭和一	
四一歳	

・〃　疲れた人々（小説）「中央公論」
・〃　仁王の力（童話）「赤い鳥」
・六月　期待（小説）「文章倶楽部」
・〃　悪夢（小説）「虚無思想」
・六月一五日　創作素材―墓穴を掘って毒薬を仰いだ女の話（随筆）「サンデー毎日」
・七月二六・二七日　断片語（随筆）「東京日日新聞」
・九月　誤算（小説）「新潮」
・〃　偶感（随筆）「実業之日本」
・一〇月　新潮合評会（座談会）「新潮」
・一〇月一六・一七・二一・二二日　時評―独断（一）（二）（三）（四）（評論）「東京日日新聞」
・一一月　マソ自嘲（随筆）「新潮」
・〃　私の好きな侠客（二）―私がもし侠客だったら（随筆）「騒人」（侠客特集号）
・一一月一六〜一九日　文芸時評（一）（二）（三）（四）（評論）「東京日日新聞」
・一一月二八日　殼（随筆）「サンデー毎日」
・一二月　私が本年発表した創作に就いて（アンケート）「新潮」
・〃　ヌエ・ポンペリヤスと十二月（随筆）「不同調」
・〃　予は何新聞を愛読するか―及びその理由（随筆）「新潮」
・〃　開墾小屋（小説）「世界」
・〃　郭将軍（童話）「赤い鳥」

・一二月一七〜一九・二一日　文芸時評（評論）「東京日日新聞」

一九二七　昭和二　四二歳

一月（二九日）、文芸解放社主宰の文芸講演会で坪井繁治、工藤信太郎と共に講演する。
・三月一日、父貞吉死亡。同月一三日、三女明生まれる。
・一月　銀紙細工礼讃（評論）「美術評論」
＊〃　『田園の悪戯者』（ファーブル原作　翻訳）アルス
・二月　乗合（小説）「中央公論」
・〃　世迷言（評論）「近代風景」
・〃　好いものを待つ—農民文学について（随筆）「文藝」
・〃　蟹と蛇（童話）「金の船」
・三月　新潮合評会（座談会）「新潮」
・〃　鳥が宝になった話（童話）「赤い鳥」
・〃　夢想者漫談（随筆）「経済往来」
・三月一五〜一八日　文芸時評（一）（二）（三）（四）（評論）「東京日日新聞」
・四月　断片（随筆）「不同調」
・〃　新潮合評会（座談会）「新潮」
・四月二一日　取り止めのない話—泉鏡花の作品について（随筆）「文藝時報」
・五月　あたらぬ占（童話）「赤い鳥」
・五月一五日　食物の連想（随筆）「サンデー毎日」
・五月二〇〜二二・二四日　文芸時評（一）（二）（三）（四）（評論）「東京日日新聞」

一九二七　昭和二　四二歳

・六月　断想―父の死と通夜の晩の話（随筆）「不同調」
・七月　追憶断片（随筆）「文藝公論」
・〃　漫言（随筆）「新潮」
・七月一九〜二二日　文芸時評（一）（二）（三）（四）（評論）「東京日日新聞」
・八月　或る出来事（小説）「新潮」
・八月・九月　銛の庄吉（童話）「赤い鳥」
・九月　自殺雑感（随筆）「不同調」
・〃　闇（小説）「自由評論」
・九月一六〜一八日　文芸時評（一）（二）（三）（四）（評論）「東京日日新聞」
・一〇月　平三の藁（童話）「金の船」
・一〇月四〜九日　東京繁盛記―四谷・赤坂（紀行）「東京日日新聞」夕刊
・一一月　幸福とは（随筆）「不同調」
・〃　マカオの死（童話）「赤い鳥」
・一一月一〇〜一三日　断想―古ぼけた思想（一〜四）（評論）「東京日日新聞」
・一一月一三日　食餓鬼断想―〝味覚極楽〟独語の感（随筆）「サンデー毎日」
・一二月　私が本年発表した創作について―なにも書けなかつた（随筆）「新潮」
・〃　日記―ある日の日記（四）（日記）「新潮」
・〃　僕の体験（随筆）「騒人」
・〃　貧乏百家論（アンケート）「騒人」

一九二八	昭和三	四三歳

七月、雑誌「矛盾」を新居格、草野心平、辻潤、小川未明、五十里幸太郎、宮山栄之助らと創刊。「矛盾」は、一九三〇・昭和五年二月まで計八号刊行される。

・一月　明日への希望（随筆）「中央公論」
・〃　清造と沼（童話）「赤い鳥」
・二月　辻潤を送る（随筆）「悪い仲間」
・三月・四月　人間は恐い（童話）「赤い鳥」
・三月一八日　人間随筆―その（一）辻潤（随筆）「サンデー毎日」
・三月一九日　進出した新興文学―プロ文芸に就て（評論）「東京日日新聞」
・三月二五日　人間随筆―その（二）鬼権・松辰（随筆）「サンデー毎日」
・四月一日　人間随筆―その（三）和田久太郎（随筆）「サンデー毎日」
・四月　機関室（戯曲）「新潮」
・〃　受売の受売（随筆）「悪い仲間」
・五月　前田河広一郎君に就て（随筆）「新潮」
・〃　長江氏の感想に就きその他（随筆）「不同調」
・五月二・四・五日　文芸時評（一）（二）（完）（評論）「読売新聞」
・五月五～七日　偶感一二（一）（二）（三）（評論）「時事新報」
・六月　政治・文学―メーデーの日に―（評論）「悪い仲間」
・〃　歓喜と苦痛と―自分の小説について（評論）「新興文学」
・六月一四～一七日　憂鬱を罵る（評論）「時事新報」
・七月　矛盾（評論）「矛盾」

一九二九	昭和四	四四歳

この年、辻潤から絶交を言い渡される。
・一月　恋のまぼろし（連作合作小説）「文藝ビルディング」
・〃　海賊と大砲（童話）「赤い鳥」
・二月二〜八日　文芸時評―二月の雑誌―（評論）「読売新聞」
・二月　彼の哄笑（小説）「新潮」
・〃　階梯（小説）「中央公論」
・〃　先ず生活に（随筆）「文章倶楽部」
・三月　煙突（小説）「文章倶楽部」
・四月　小児病患者とは（評論）「矛盾」
・五月二六日　人間随筆（一）雨敬と福茂（随筆）「サンデー毎日」
・六月　朝（詩）「矛盾」
・〃　無題言（随筆）「文藝ビルディング」
・六月九日　人間随筆（二）三宮先生（随筆）「サンデー毎日」
・六月二三日　人間随筆（三）東屋古満之助（随筆）「サンデー毎日」
・六月三〇日　人間随筆（四）労働社の人々・有島武郎に就て（随筆）「サンデー毎日」
・七月一四日　人間随筆（五）木下藤次郎（随筆）「サンデー毎日」
＊七月『田園の保護者』（ファーブル原作　翻訳）「人間と動物」アルス
・一〇月　雑感（随筆）「文藝ビルディング」
・〃　株式市場の一日―時代探訪五景（随筆）「新潮」
・一一月　片影（小説）「新潮」

一九二九	昭和四	四四歳	・〃　流浪者の手記（一）（小説）「矛盾」 ・〃　酔中吟（詩）「矛盾」 ・一二月　昭和四年に発表せる創作評論に就て（アンケート）「新潮」
一九三〇	昭和五	四五歳	四月、友人「早川」の勧めで京都旅行をする。京都の友人笹井末三郎の誘いで天龍寺を見物し、禅寺の雰囲気に魅了される。 五月、妻麗子の賛同を得て、天龍寺に入門することを決意し、京都に移住する。当初は笹井の父が天龍寺に寄贈した嵯峨野の毘沙門堂から通禅する。毘沙門堂での生活の合間に、弟の友人に誘われて京都亀山の大本教教祖出口王仁三郎と会う。 一〇月五日、達磨忌に得度式を行い、正式に出家する。 一一月、天龍寺の僧堂に入る。 ・二月　流浪者の手記（二）（小説）「矛盾」 ＊〃『田園の悪戯者』（ファーブル原作　翻訳）アルス（前出と同じ物） ・二月二一～二四日　金・数態（随筆）「福岡日日新聞」 ・五月　春陽会寸評（随筆）「みずゑ」 ＊七月『農業科学の話』（ファーブル原作　翻訳）「動物学」アルス ＊一二月『仏門に入りて』（評論・エッセイ集）創元社
一九三一	昭和六	四六歳	・一月　食物の連想（随筆）『詩と随想集1』（新潮社刊）所収 ・二月・三月　典籍（小説）「大衆文芸」

一九三二	昭和七	四七歳	・六月　山を下りて（随筆）「中央公論」 ＊一一月『禅に生くる』大雄閣
一九三三	昭和八	四八歳	・二月二一日　心境を語る（随筆）「京都帝国大学新聞」 ・一一月　田舎から見た東京―東京の圧力―（随筆）「人物評論」 ＊一二月『続　禅に生くる』大雄閣
一九三四	昭和九	四九歳	＊二月『雲水は語る』大雄閣
一九三五	昭和一〇	五〇歳	この年の初め『華厳経』執筆のために東京に戻る。『華厳経』脱稿後、京都嵯峨野の笹井家の別荘に移る。 ＊三月『華厳経』大東出版社 ・一〇月二六日　愁想（随筆）「京都帝国大学新聞」
一九三六	昭和一一	五一歳	妻麗子、過労のため前年に発病した結核を悪化させ、東京中野の療養所、愛知県知多半島へと転地療養を続ける。 此の頃から、宮山栄之助より生活援助を受ける。 ＊七月『禅に生くる』（正続）巧人社版 ・一二月　臘八接心（随筆）「大法輪」
一九三七	昭和一二	五二歳	五月一三日、妻麗子死去。この頃から「アル中」状態になる。 この年、家主の娘と恋愛する。

一九三七	昭和一二	五二歳	一〇月、中央仏教界の飯塚哲英の紹介で、埼玉県野火止（新座市）平林寺僧坊の堂守となる。 ・一月二〇日　心に飛行機を（随筆）「京都帝国大学新聞」 ＊三月『禅に生くる』（正続）読書新聞大洋社版
一九三八	昭和一三	五三歳	八月、満州へ渡った長男伸と別れて一人で帰国した三男秀と平林寺で生活する。 ・六月　平林寺にて（随筆）「大法輪」 ・一一月　堂守雑筆（随筆）「大法輪」
一九三九	昭和一四	五四歳	・一月　堂守雑筆（随筆）「大法輪」 ・三月　堂守雑筆（随筆）「大法輪」 ・四月〜翌年七月（全一五回連載）「新編　禅に生くる」「大法輪」
一九四〇	昭和一五	五五歳	・一〇月〜翌年九月（全一二回連載）「仁王禅を説いた鈴木正三」「大法輪」
一九四一	昭和一六	五六歳	一二月八日の太平洋戦争勃発の三日後、大法輪閣社長石原俊明の要請で、岐阜で「発狂した」高橋新吉を迎えに行く。 ＊二月『新編　禅に生くる』大法輪閣 ＊〃　『禅を生くる』（正続合冊本）創造社版 ＊八月『楽しい童話集』金の星社 ・一〇月　命を捨てて死ぬ人（随筆）「大法輪」 ・一二月　古人刻苦光明必盛大（随筆）「大法輪」

一九四二	昭和一七	五七歳	六月、『正法眼蔵』講話を聴くため永平寺に行き、一ヶ月余り滞在する。八月、いったん帰京するも、永平寺の講話で講師を務めた吉岡鉄城師に従って、『正法眼蔵』参究のため静岡県藤枝市の石雲院に二ヶ月滞在し、一〇月再び京都の慈済院に帰る。 ・一月　臘八の追憶（随筆）「大法輪」 ・二月　臨済と曹洞（随筆）「大法輪」 ・三月　大東亜の経綸と仏教（随筆）「大法輪」
一九四三	昭和一八	五八歳	二月、大法輪閣顧問となる。 六月、慈済院の末寺遠塵庵に移る。 ＊一月　『座禅への道』堀書店 ＊一二月　『勇猛禅の鈴木正三』（原題『仁王禅を説いた鈴木正三』）大法輪閣
一九四四	昭和一九	五九歳	この年から波多野精一の『時と永遠』と河口慧海の『西蔵旅行記』を読み、「自力本願」への疑問を強く持つようになり、念仏宗の「他力本願」に惹かれるようになる。 ・三月　苦修錬行と僧堂（随筆）「大法輪」 ・九月　飛込んだ力で飛ぶ蛙かな（随筆）「大法輪」
一九四五	昭和二〇	六〇歳	八月一五日、無条件降伏の放送を大谷大学で聞く。
一九四六	昭和二一	六一歳	この年、「正法眼蔵」に関する著述を完成（未完・未見）
一九四七	昭和二二	六二歳	＊一〇月　『底無山』（童話集）黎明社

一九四八	昭和二三	六三歳	二月、九州の娘婿吉田達磨宅で二ヶ月ほど神経痛の療養をする。此の頃、「仏教入門」の著作を依頼され、浄土教の仏典に接する機会が増えたことから、浄土真宗に宗旨替えをする。 ・四月　燕座余稿（随筆）「大法輪」
一九四九	昭和二四	六四歳	一月七日、母ふみ死去。この頃から胃潰瘍の兆候が表れ、七月初めに東京逓信病院に入院、八月に手術する。 ・一一月　ありのまゝ（随筆）「親鸞」創刊号
一九五〇	昭和二五	六五歳	一月、自伝『遍歴』（原題「真宗に帰す」）の執筆を始め、五月に完成する。
一九五一	昭和二六	六六歳	二月一九日、京都嵯峨野の遠塵庵にて、三男秀に看取られて死去。享年満六四歳六ヶ月一八日であった。 ・五月　日本自由恋愛史の一頁—大杉栄をめぐる三人の女（絶筆　評論）「文学界」
一九五三	昭和二八		＊八月『遍歴』慶友社
一九七八	昭和五三		＊一〇月『華厳経』（再刊　仏教聖典を語る叢書　第三巻）大東出版社
一九八三	昭和五八		＊一一月『宮嶋資夫著作集』（全七巻　監修小田切秀雄　編集委員西田勝、宮嶋秀、黒古一夫）慶友社

（黒古一夫作成）

あとがき

宮嶋資夫に関心を抱くようになったのは、念願かなって就職した小学校教員の職を五年余りで辞し、法政大学の大学院（日本文学専攻）に進学し、日本近代文学史やプロレタリア文学史を学び直すつもりで、筑摩書房刊の『現代日本文学全集』（全九九巻　一九五四～五八年）や三一書房刊の『日本プロレタリア文学大系』（全九巻　一九五四～五九年）を読んでいた時である。『現代日本文学全集』の第八五巻『大正小説集』の中に宮嶋の『山の鍛冶屋』が、『日本プロレタリア文学大系』第一巻に『坑夫』が収められており、この日本近代文学史の「学び直し」によって、私は高校の国語教科書や大学初年級で受講した「官製の」と言っていい「文学史」の影に埋もれた読み応えのある（優れた）文学作品が数多く存在することを知った。またそれと同時に、坪内逍遥や森鷗外、二葉亭四迷、あるいは夏目漱石、島崎藤村といった近代文学史を飾る「文豪」と呼ばれる文学者たちが皆「知識人＝高学歴」であったのに対して、明治時代の終わりごろから「無産階級（労働者階級）＝低学歴」出身の文学者たちが「労働文学＝前期プロレタリア文学」や「社会文学」の書き手としてして登場してくるようになったことも知った。

もちろん、そのような現象はどの国の近代化過程でも出現した事であり、特段珍しいことではなかったが、「文豪」たちを中心とする文学とは別に、宮嶋資夫のような「労働文学作家」・「社会文学作家」と呼ばれるような一群の作家たちが、実は日本近代文学史を「豊穣」なものにしていたという事実を知ったことは、その後の私の近代文学研究者・文芸評論家（批評家）としての歩みに少なくない影響を与えてくれた。

そして、近代文学史の「学び直し」という作業を行いながら大学院修士課程を修了し、博士課程に進学すると、指導教授の一人であった西田勝氏が「大正期労働文学」研究の第一人者であることを知り、西田先生と私の所属していた小田切秀雄研究室の大先輩にあたる堀切利高氏（荒畑寒村研究）や玉木金男氏（新井紀一研究）、更には大学院の後輩で西田研究室に所属していた大和田茂氏（平沢計七や加藤一夫研究）らと共に「大正労働文学研究会」（機関誌「大正労働文学研究」を刊行、この研究会は後に「日本社会文学会」へと発展継承され、今日に至る）を結成し、そこで「宮嶋資夫研究」を本格的に始めることになった。「大正期」の「労働文学」（前期プロレタリア文学）に関わる雑誌や新聞（機関紙）、パンフレット類に詳しかった西田先生や、荒畑寒村の研究・資料収集では第一人者と目されていた堀切氏らの仕事を通じて「書誌」の重要性を認識するようになった私は、必死になって「宮嶋資夫」に関する資料を収集するようになった。宮嶋に関する論攷も、「序説」という形で「大正労働文学研究」誌に、また「信州白樺」の「特集　日本のアウトサイダー」に「宮嶋資夫論」を、更には「群馬近代文学研究」誌に「『坑夫』論」を書くというようなことがあり、その過程で当時は宮嶋資夫研究の先達として後に『評伝　宮嶋資夫——文学的アナキストの生と死』（一九八四年　三一書房刊）を上梓した森山重雄氏を知ることになる。

先行者としての森山氏の研究（論攷や書誌）には随分世話になったが、氏が作成した書誌事項には間違いが多数あることを発見し、その間違いに基づいて書かれた論攷からは、何故宮嶋が「作家」を目指すことになったのか、また「流行作家」であった宮嶋が、一九三〇年五月何故妻子を東京に残して京都嵯峨野の臨済宗本山天龍寺の門を叩いたのか（出家しようとしたのか）の「内的理由」に納得できないものがあり、漠然とではあったが、宮嶋に関わるこの二つの本質的問題の解明は生涯の課題になるだろう、との予感を当時抱いていた。それらの「課題」に関する私なりの「解」は、宮嶋が生涯にわたって内奥に湧出する「死の誘惑」や「死の恐怖」といかに戦い続けたか、ということと深く関わっていたのだと思うが、宮嶋が抱え込んでいた「内なる闇」の深淵にまで果たして私の筆が届いているか、自分なりにその「闇」に迫ったと思うが、読者の皆さんはどのように判断なさるか、反響が楽しみでもある。

しかし、この「結論」は本書を書き終わって確信となったものだが、宮嶋資夫研究に着手した当時は、何故宮嶋は天龍寺（禅宗）の門を叩いたのか十分に理解できないまま、宮嶋の作品の読み直しや資料探索を行うという日々を送らざるを得なかった。そんな時、どうしても『坑夫』の原型と言われてきた『坑夫の死』（生原稿のまま遺族の元に保管されていた）を読む必要に迫られ、宮嶋の四男秀氏と知り合い『坑夫の死』をお借りするということがあった。そして、秀氏と何回かお会いして宮嶋の比叡山生活や晩年の各地の寺や子供宅に転々としていた生活のことを聞くうちに、氏が「父親の作品を後世に残したい」という強い希望を持っていることを知り、当時秀氏が経営していた主に民俗学の専門書を刊行していた慶友社から『宮嶋資夫著作集』（全七巻　一九八三年四月～一一月　監修小田切秀雄　編集西田勝・宮嶋秀・黒古一夫）を出すことになった。そこで、小田切先生をはじめ関西大学教授（当時）の浦西和彦氏や大正労働文学研究会のメンバーから宮嶋の資料に関する情報を得たり、小田切先生の紹介で労働文学やプロレタリア文学関係の一次資料（雑誌や新聞、等）を数多く所蔵していた日本近代文学館の書庫で「調査」し、『著作集』第七巻の巻末に所収されている「宮嶋資夫年譜」を作成した。

『著作集』を刊行したことで気がそがれたわけではないのだが、そのころから大学院の修士論文が『北村透谷論――天空への渇望』（一九七九年　冬樹社刊）として刊行されたのを皮切りに、『小熊秀雄論――たたかう詩人』（一九八二年　土曜美術社刊）、『原爆とことば――原民喜から林京子まで』（八三年　三一書房刊）、と続けて上梓したことから依頼原稿の執筆で忙しくなったということもあり、当初目論んでいた『宮嶋資夫論』は書き上げることができなかった。「書誌」が不十分だったことも、「中断」の理由の一つとしてあった。天龍寺で修行中に「関西」発行の新聞や雑誌に書いたのではないかと思われる文章（主に『仏門に入りて』に所収）の「書誌事項」が全く不明だったのである。いつか、腰を据えて関西地区発行の新聞や雑誌を調べようと思いながら、今日に至ってしまった。

そんなことがあって約三六年、この間、全く怠けていたという訳ではなく、細々であったが「資料収集」は続けていたし、どこにも揃いがない「大法輪」のバックナンバー（戦前の号）を探し出して宮嶋の執筆目録を作成したり、単発の論攷を書くということはあった。そんな三六年間であったが、この間ずっと頭から片時も離れることがなかったのは、宮嶋の「作家」から「仏僧」への転位もまた、日本の近代文学史において決して「特異な現象」とは言えない「文学者の転向」の一種だったのではないか、と確信であった。言い方を換えれば、宮嶋の内面のドラマ（流行作家から禅僧へ）は、一九三〇年（昭和一〇年）代半ばに論議を呼んだ「転向文学・作家」に関わって、獄中に在った中野重治が拷問で殺害されたプロレタリア作家の小林多喜二と同じ道を歩むことに恐怖した経験を踏まえて、「もし僕らが、みずから呼んだ降伏（転向のこと――引用者注）の恥の社会的個人的要因の錯綜を文学的に総合のなかへ肉づけすることで、文学作品として打ちだした自己批判をとおして日本の革命運動の伝統の革命的批判に加われたならば、僕らは、そのときも過去は過去としてあるのではあるが、その消えぬ痣を頰に浮かべたまま人間及び作家として第一義の道を進めるのである」（『文学者に就て』について」一九三五年）と、宮嶋の「転向」も同じものだったと言っていいのではないか、と思うようになったということである。

宮嶋を「転向論」の視点から書くことができるのではないかと思うことから、ようやく「宮嶋資夫論」の軸（核）が見えてきたちょうどその頃（二〇一一年の正月以降）、私は規定に従ってあの東日本大震災（フクシマ）が起こった年に筑波大学を定年退職することになった。そして、「宮嶋資夫論」は、「宿題」の一つとして残されてしまったのである。そして、その後は「いつかは」と思いながら、宮嶋についての「転向」論を軸とした作家論は、結果的に一日伸ばしになってしまったのである。「宿題」であった『辻井喬論――修羅を生きる』（二〇一一年　論創社刊）や『井伏鱒二と戦争――『花の街』から『黒い雨』まで』（二〇一四年　彩流社刊）の執筆に時間が取られ、またフクシマに関して緊急出版した『ヒロシマ・ナガサキからフクシマへ――「核」時代を考える』（二〇一一年　勉誠出版刊）の編者として自分の論攷執筆以外に林京子や辻井喬との対談で忙しく、さらには後に『原発文学史・論――絶望的な「核（原発）状況に抗して」（二〇一八年　社会評論社刊）としてまとめられる作品の収集と読みで大半の時間を費やすことになってしまったのである。

さらに、ほんの偶然から筑波大学を退職した翌年の秋から、「反日運動」で揺れる中国・武漢の華中師範大学（外国語学院日本語科）の大学院で近代文学及び戦後文学の講義と修士論文指導を受け持つことになり、「宮嶋資夫論」の執筆は中断せざるをえなかった――なお、ついでに記しておけば、中国での大学教師体験は『葦の髄より中国を覗く――「反日感情」見ると聞くとは大違い』（二〇一四年　アーツアンドクラフツ刊）という体験記に結実した。この本は、中国に関する非専門家が書いた「中国論」として、今でも色あせないものがある、と思っている――。

そんな折、長い間「大法輪」で執筆の機会を与えてくれた編集者の黒神直也氏が佼成出版社に移るということがあり、黒神氏との話し合いの結果「宮嶋資夫論」を再開することにしたのである。以降、畏友の故立松和平が精魂込めて綴った曹洞宗の開祖である道元の評伝『道元禅師』（二〇〇

七年　東京書籍刊）をはじめ『ブッダその人へ』（一九九六年　佼成出版社刊）や『ぼくの仏教入門』（一九九九年　ネスコ刊）、『立松和平　仏教対談集』（二〇一〇年　アーツアンドクラフツ刊）等々に導かれて、宮嶋が天龍寺に参禅するようになって以降の著作『仏門に入りて』から『禅に生くる』（正続）や最後の著作となった『遍歴』（原題『真宗に帰す』一九五三年　慶友社刊）などを読み直し、また「童話」作品の再調査などを行い、全体の構成を考え直し、ようやく長い間の懸案だった『蓬州宮嶋資夫論』を完成させることができた。

出来栄えについては、読者の判断に任せるしかないが、本書では宮嶋が幼い頃から感受してきた「死の恐怖」と戦いながら、「自己救済」を願って現代文学の最前線で活躍していたにもかかわらず、突然仏門に入るという挙に出たのは何故なのか、その一点に焦点を当て、「苦悩する人間」の生き様を私なりに描いたが、果たしてそれはうまくいったのか。自分では、それなりにこの国の近代文学史の中に埋もれてしまった一人の鋭敏な神経を持った作家の「全体像」は描けたのではないか、と思っている。何よりも、大正から昭和戦前を必死に駆け抜けた宮嶋資夫の「内なる戦い」は、紛れもなく二一世紀を生きる私たちの現在に重なるのではないかという思いに、この間突き動かされての本書の執筆であった。私の「苦闘」の跡がどう判断されるか、それは読者の皆さんに委ねるしかない。

仏教（禅宗や浄土真宗）の知識が十分でない私が本書を完成することができたのも、みな黒神氏と二〇〇六年に『魂の救済を求めて――文学と宗教の共振』を上梓した時担当してくれた同社の村瀬和正役員の励ましがあったからで、両氏には感謝の気持ちしかない。

あとは、どれだけ多くの人が本書を手に取ってくれるか、である。多くの方々のご意見・ご批評をお待ちしたいと思います。

「コロナ禍」が終息しない二〇二一年初夏に

著者

〈プロフィール〉

黒古一夫（くろこ・かずお）

一九四五年一二月、群馬県に生まれる。群馬大学教育学部卒業。法政大学大学院で、小田切秀雄に師事。一九七九年、修士論文を書き直した『北村透谷論』（冬樹社）を刊行、批評家の仕事を始める。文芸評論家、筑波大学名誉教授。

主な著作に『立松和平伝説』『大江健三郎伝説』（河出書房新社）、『林京子論』（日本図書センター）、『村上春樹』（勉誠出版）、『増補　三浦綾子論』（柏艪社）、『『1Q84』批判と現代作家論』『葦の髄より中国を覗く』『村上春樹批判』『立松和平の文学』『黒古一夫　近現代作家論集全六巻』『「団塊」世代の文学』（アーツアンドクラフツ）、『辻井喬論』（論創社）、『祝祭と修羅―全共闘文学論』『大江健三郎論』『原爆文学論』『文学者の「核・フクシマ論」』『井伏鱒二と戦争』（彩流社）、『原発文学史・論』（社会評論社）他多数。

蓬州《ほうしゅう》 宮嶋資夫《みやじますけお》の軌跡《きせき》—アナーキスト、流行作家、そして禅僧—

2021 年 5 月 30 日　初版第 1 刷発行

著　者　黒古一夫
発行者　中沢純一
発行所　株式会社佼成出版社
〒 166-8535　東京都杉並区和田 2-7-1
電話　(03) 5385-2317（編集）
(03) 5385-2323（販売）
URL　https://kosei-shuppan.co.jp/

印刷所　小宮山印刷株式会社
製本所　株式会社若林製本工場

◎落丁本・乱丁本はお取り替えいたします。

ISBN978-4-333-02848-1 C0095